U0459888

千年瑰宝守护人

——莫高窟人的奋斗历程

敦煌研究院 编

甘肃人民出版社

甘肃·兰州

图书在版编目（ＣＩＰ）数据

千年瑰宝守护人：莫高窟人的奋斗历程 / 敦煌研究院编. -- 兰州：甘肃人民出版社，2024.6
ISBN 978-7-226-05922-7

Ⅰ．①千… Ⅱ．①敦… Ⅲ．①报告文学－中国—当代Ⅳ．① I25

中国版本图书馆 CIP 数据核字（2022）第 234759 号

责任编辑：王建华
封面设计：雷们起

千年瑰宝守护人——莫高窟人的奋斗历程
敦煌研究院　编
甘肃人民出版社出版发行
（730030　兰州市读者大道 568 号）
兰州银声印务有限公司印刷
开本 787 毫米×1092 毫米　1 /32　印张 9　插页 2　字数 180 千
2024 年 6 月第 1 版　　2024 年 6 月第 1 次印刷
印数：1~3 000
ISBN 978-7-226-05922-7　　定价：48.00 元

编委会

主　编：赵声良

副主编：廖士俊

编　著：廖士俊　王慧慧　杨雪梅　邓位轩

　　　　王　赛　芦　军　孙　云

序

　　早在 1944 年，以常书鸿为代表的莫高窟人在极其艰苦的条件下，筚路蓝缕，创办了国立敦煌艺术研究所。从此结束了敦煌石窟数百年无人管理的状态，开创了敦煌石窟保护、研究、弘扬的事业。当时的研究人员不仅对敦煌石窟进行了力所能及的保护，还调查了石窟的基本内容，临摹了大量的壁画，并把临摹品带到各地进行展览，把敦煌艺术介绍给大众，引起社会广泛关注。

　　新中国成立后，1950 年国立敦煌艺术研究所更名为敦煌文物研究所，党和国家对敦煌石窟文物保护工作高度重视，并对各项工作做了具体的指导和规划。20 世纪 60 年代初，在国民经济极度困难时期，国家仍然拨巨资对莫高窟进行了全面的加固。研究人员也不断充实，除了美术临摹之外，石窟考古研究、文献研究等方面工作也开展起来。

改革开放给敦煌文物研究所带来了新的生机，1981 年邓小平同志视察敦煌莫高窟，对敦煌文物事业的发展给予极大的关怀。1984 年甘肃省委、省政府决定把敦煌文物研究所扩建为敦煌研究院，极大地推进了敦煌文物保护研究的进程。通过国际合作与交流，敦煌研究院在保护科技方面取得了突飞猛进的发展。敦煌学研究也不断取得新成果。进入 21 世纪以后，敦煌石窟由抢救性保护进入预防性保护时代。依托敦煌研究院先后成立了古代壁画保护国家文物局重点研究基地、国家古代壁画保护研究工程技术中心，敦煌研究院开始承担起全国很多省市的文物保护项目。2017 年，甘肃省政府决定把麦积山石窟、炳灵寺石窟、北石窟寺也交由敦煌研究院管理。包括此前所管理的莫高窟、榆林窟和西千佛洞，敦煌研究院管理了六处石窟文物，成为国内管理石窟数量最多、跨地域最广的文物单位。

从当年的举步维艰到今天的蓬勃发展，以常书鸿、段文杰、樊锦诗等为代表的一代代莫高窟人为了敦煌的保护、研究、弘扬事业，克服了无数难以想象的困难，为了敦煌文物事业的发展，常常牺牲了个人的利益，甚至牺牲了家庭的幸福。老一辈学者们有的在"反右"和"文革"时期受到各种不公正待遇，但在"文革"结束后，又无怨无悔地返回莫高窟，继续从事敦煌的事业。在新的时代，仍然有不少青年学子放弃了大城市的物质享受，在敦煌莫高窟找到了自己心仪的事业……70多年来，一代又一代莫高窟人坚守大漠、甘于奉献、勇于担当、开拓进取，谱写了壮丽的"莫高精神"。正是由于这种"莫高精神"的凝聚力，莫高窟人始终不忘初心、牢记使命、薪火相传，使敦煌石窟的安全得到保障，文物保护科技得到空前发展，敦煌文化的价值得到了深入研究、挖掘，敦煌艺术得以广泛传播到中华大地，传播到世界各地。

2019年8月，习近平总书记考察敦煌莫高窟，并在敦煌研究院举行座谈会，发表了重要讲话。习近平总书记还对"莫高精神"给予了充分的肯定。这是对敦煌研究院全体工作人员的巨大鼓舞。

今天，敦煌石窟作为人类文化遗产的价值得到了全社会的认可，敦煌艺术的魅力不断深入人心。敦煌文化作为中华优秀传统文化的一个重要代表，以其开放性、多元性、包容性的特征，无限丰富的文化内涵，在当

千年现宝守护人
——莫高窟人的奋斗历程

QianNian GuiBao
ShouHuRen
mogaokuren de fendou licheng

前的文化建设乃至"一带一路"建设中正发挥着越来越重要的作用。"莫高精神"作为莫高窟人奋斗历程的精神结晶，是中华优秀传统文化在新的历史条件下的继续与发展，是社会主义核心价值观的生动展示。莫高窟人将在习近平新时代中国特色社会主义建设中进一步继承发扬"莫高精神"，为保护人类文化遗产，传承和弘扬中华文明作出更大贡献。为进行伟大斗争、建设伟大工程、推进伟大事业、实现伟大梦想贡献我们的力量。

赵声良

2021 年 2 月 10 日

目 录

第一章

莫高窟人的奋斗初心

丝绸之路的千年繁荣，多元文明的千年交融，催生了敦煌莫高窟的千年营建。莫高窟是世界上现存规模最宏大、延续时间最长、内容最丰富、保存最完整的佛教石窟群，是中华优秀传统文化的代表，在中国文化史乃至世界文化史上都具有重要地位。元明以降数百年来，随着丝绸之路的衰落沉寂、嘉峪关的封闭，莫高窟长期处于无人管理的状态，任由自然损毁、人为破坏，甚至被偷盗。1900 年，敦煌藏经洞的发现，震惊了世界，各国盗宝者纷至沓来，劫掠宝藏，致使藏经洞的文物流散世界各地。藏经洞文物及敦煌石窟的艺术逐渐受到各国人民的关注，也引发了国内各界人士的民族激情和爱国热情。20 世纪三四十年代，大批学者志士、爱国人士，走出书斋，远赴敦煌；他们奔走疾呼，守护国宝。西北边陲、戈壁大漠中的敦煌石窟等候着、召唤着、吸引着为之坚守、为之奉献、为之倾其一生的守护者、担当者，在各方的共同努力下，敦煌石窟保护的专门机构成立。新中国成立后，在党和国家历代领导人的支持和关怀下，经过 70 多年的探索奋进，敦煌石窟保护机构不断壮大，敦煌文物事业逐步迈上国际化、科学化的发展道路，千年瑰宝重新焕发出璀璨光芒。

一、敦煌石窟及藏经洞的价值

在世界最大的陆地——欧亚大陆的东边，有一条狭长的地理走廊——河西走廊。自汉代张骞凿通西域以来，河西走廊成为中原联系西域，以及欧、亚、非三大洲的重要通道，在很长一段时间承担着华夏文明与域外文明交汇、融合的历史使命。而敦煌就位于河西走廊的西端，是丝绸之路的重镇，中西交通的"咽喉之地"。这里曾是游牧民族驰骋的舞台，也是中原王朝经营西域的军事要地和文化交汇地。由敦煌出发，向东经河西走廊，可至汉唐古都长安、洛阳；向西经过西域，可入中亚、西亚及南亚诸国，还可远达欧洲的罗马；向北翻过山便是北方草原丝绸之路；向南可接唐蕃古道，经过现代青海和西藏自治区到达尼泊尔、印度和缅甸等。敦煌特殊的地理位置，使其在欧亚文明互动、各民族交流、交往、交融的历史进程中扮演着重要角色，故称"华戎所交一都会"。

公元1世纪左右，随着丝绸之路畅通兴盛，中西交流持续不断，使团商旅频繁往来，诞生于古印度的佛教和佛教艺术沿着丝绸之路首先传至西域，然后从南路经于阗、楼兰传至敦煌，从北路经龟兹、高昌传至敦煌，再从敦煌、凉州传入中原。受印度佛教传统的影响，建寺造像风气逐渐盛行，南北方竞相开窟造像。古代艺术家以汉晋文化传统为根基，吸纳来自印度、中亚等外来文化艺术形式，在敦煌地区造塔立寺、开窟造像，建造了莫高窟、西千佛洞、肃北五个庙石窟、瓜州榆林窟、东千佛洞等一批石窟，统称为"敦煌石窟"，其中以敦煌莫高窟最为典型。

莫高窟始建于前秦建元二年（366年）。相传一位叫乐僔的和尚从中原杖锡云游至敦煌，当他在宕泉河畔一处高地打坐参禅时，落日悬挂在遥远的地平线上，晚霞映红了西天，忽见对面三危山上金光闪闪，佛光万道。在金光中仿佛有千佛化现而出，乐僔感到十分惊异，认为是佛在召唤。遵照佛的启示，他请来工匠，在宕泉河西岸、鸣沙山东麓的崖壁上开凿了第一个石窟。不久，一位叫法良的和尚也来到这里，在乐僔的禅窟旁又开凿了一个石窟。此后，自十六国时期的北凉，历经北魏、西魏、北周、隋、唐、五代、宋、回鹘、西夏、元等十多个朝代的连续开凿，莫高窟至今保存有735个洞窟、2400余身彩塑、45000多平方米壁画，是集建筑、彩塑和壁画为一体的综合性艺术宝库。

这些洞窟上下五层，密密麻麻地排列在1700多米的崖壁之上，按功能和建筑形制主要分为七种类型：第一类是禅窟，由印度毗诃罗窟发展演变而成，是仅能容身的斗室，供修行者坐禅修行；第二类是中心塔柱窟，来源于印度支提窟，供修行者绕塔观像与礼佛；第三类是殿堂窟，信徒可绕佛坛观像礼佛；第四类是大像窟，窟中塑有巨大的佛坐像；第五类是僧房窟，窟内有灶炕、烟道、土炕、灯台等设施，供僧人生活起居、打坐修禅。另外还有装粮食用的廪窟和掩埋僧人灵骨的瘗窟等。

彩塑是洞窟的主体，以木架为骨，束以苇草，外敷草泥，通过绘塑结合，塑造各类佛教人物，包括佛像、菩萨像、弟子像、天王力士像。同彩塑相比，壁画则表现了更加丰富多彩的内容，石窟的佛龛、四壁和窟顶，布满了色彩缤纷的壁画，与居于主体位置的彩塑，互相辉映，相得益彰，表现了庄严而辉煌的佛国世界。

壁画的题材可分为七种类型：第一类是尊像画，有佛、菩

敦煌莫高窟外景

萨、佛弟子、天王、力士以及佛教众神等；第二类是故事画，有佛本生故事画、佛传故事画、因缘故事画等；第三类是经变画，就是将某部佛经内容变成一幅完整有情节铺陈的大画，这是隋唐时期艺术家的创作，是我国独创的题材；第四类是佛教史迹画，是表现佛教传说与传播历史的壁画；第五类是神怪画、中国道教神话，如乘坐龙车、凤辇的东王公、西王母，蛇身人面的伏羲氏、女娲氏等；第六类是供养人画像，即为祈福禳灾而出资开窟造像的功德主及其眷属的礼佛画像；第七类是装饰图案，有丰富的窟顶藻井图案，还有龛楣、边饰，绘画形式多样的卷草纹、忍冬纹、云气纹、火焰纹、星象纹、棋格纹等等。

敦煌石窟艺术表现的是庄严神秘的佛国世界，但其内容却是以真实的现实生活为蓝本绘制，揭开佛教教义的神秘面纱，展现在我们眼前的是生动真实、丰富多彩的中古社会生活。这些内容反映了 4 至 14 世纪丝绸之路的历史地理、社会民俗、建筑服饰、音乐舞蹈、教育体育、商贸往来和民族交融生动丰富的场景和波澜壮阔的历程，表现了不同时代、不同民族、不同地域人们的信仰、追求和丝路沿线多民族的文化互鉴融合的足迹，为研究我国和中亚、西亚及印度等的历史，提供了珍贵资料，是人类稀有的文化宝藏和精神财富，是当之无愧的世界文化遗产。

1900 年 6 月 22 日，云游定居于莫高窟的道士王圆箓在清理第 16 窟甬道积沙时，无意中发现了震惊世界的藏经洞。藏经洞中出土了从十六国到北宋不同历史时期的经卷、文书、绢画、纸画和丝织品等文物 6 万多件。这些文物以各类宗教文献为主，还有大量令世人叹为观止的非宗教文献，包括历史、地理著作，官私文书、经济文书、史书、政书、地志、书仪、蒙童读物，有数学、天文学、医药学、造纸术、印刷术等科技史料，诗、词、曲、赋及变文等文学资料，还有古藏文、回鹘文、于阗文、粟特文、突厥文、梵文、叙利亚文等多语言文字资料，可谓"中古时代的百科全书"，是研究中国及中亚、东亚、南亚相关历史、地理、宗教、政治、经济、哲学、艺术、文学、语言文字、科技等不可多得的宝贵资料。如敦煌文献中保存的迄今为止最早的《六祖坛经》，与宋代以后的《坛经》多有不同，对于了解《坛经》版本流布及唐代佛教文化有重大价值。保存的《三阶佛法》《三阶佛法密记》《佛说示所犯者法镜经》《三界佛法发愿法》等，为三阶教研究增添了新的内容；保存的不少藏外佚经（即《大藏经》中未收佛经），不仅可补宋代以来各版大藏经的不足，还为佛教经典和佛教史的研究打开了新的门径；保存的寺院文书，其中包括寺院财产账目、僧尼名籍、事务公文、法事记录以及斋文、愿文、燃灯文等，是研究敦煌地区佛教社会生活不可多得的材料；保存的有关摩尼教、景教文献，为我们了解古代中西文化交流提供了重要的历史证据；保存的不少已佚古史书，不仅可补充历史记载的不足，而且可订正史籍记载的讹误，如《沙州都督府图经》《沙州伊州地志》《寿昌县地境》和《沙州地志》等，是研究敦煌乃至西北历史地理的弥足珍贵的史料；有关归义军统治敦煌的历史，在正史中记载都非常简略，但敦煌文献中有关这段历史的资料却多达百种，数十年来，学者们根据这些资料，基本搞清了这段历史；保存的大量中古时期的公私文书，这些未加任何雕琢的公私文书，都是当时人记当时事，完全保存了原貌，使我们对中古社会的细节有了更深入的了解，对研究中古社会历史至关重要；保存的儒家经典，最具学术价值的是它对今本儒学典籍的校勘价值，如《古文尚书》是我们今日所见到的最古的版本，东汉经学大师郑玄所著《论语郑氏注》更是失而复得的可贵资料；保存的相当数量的非汉文文献，如古藏文、回鹘文、于阗文、粟特文、龟兹文、梵文、突厥文等，对研究古代西域中亚历史和中西文化交流有不可估量的作用。保存的一些音乐、舞蹈资料，如琴谱、乐谱、曲谱、舞谱等，不仅使我们能够恢复唐代音乐与舞蹈的本来面目，而且将进一步推动中国音乐史、舞蹈史的研究。

千余年来，敦煌能工巧匠在汲取中原文化营养的基础上，大胆吸收外来文化，让中西方不同的文化在此汇聚、碰撞、交融，创造出了独树一帜、别开生面的艺术之花。

敦煌石窟及藏经洞文物既有图像资料，又有文字信息；既反映了汉民族的发展历程，又体现了多元民族的交融荟萃；既是佛教文献的荟萃之地，又保留了多种宗教资料；既保存了中国传统文化艺术，又蕴含了世界多种文化艺术，是当之无愧、无与伦比、博大精深的艺术宝库。作为中华民族的一种辉煌历史的记忆，映射着中华民族开拓进取、开放包容，以及热爱故土、守家卫国的伟大精神，带给现代人鲜活的、深刻的启迪，是中华优秀传统文化的杰出代表，在中国文化史乃至世界文化史上都具有无可比拟的重要地位。正如季羡林先生所言："世界上历史悠久、地域广阔、自成体系、影响深远的文化体系只有四个：中国、印度、希腊、伊斯兰，再没有第五个；而这四个文化体系汇流的地方只有一个，就是中国的敦煌和新疆地区，再没有第二个。"

二、敦煌石窟及藏经洞的沧桑命运

宋元以后，随着海上丝绸之路的兴起，陆上丝绸之路逐渐衰落，敦煌逐步失去了贸易中枢、西域门户的地位，开窟造像也渐趋沉寂。到了明代，政府划嘉峪关而守，迁民于关内，从此敦煌成为边外荒凉之地，莫高窟孤悬关外，长期陷入无人管理的状态，佛像屡遭破坏，洞窟也被风沙掩埋，营建了一千年、持续了一千年、兴盛了一千年的敦煌石窟逐渐被世人遗忘，荒芜凋敝。到了清朝，政府平定新疆，也将敦煌纳入管辖范围，移民屯田，敦煌的经济逐渐开始恢复，但敦煌石窟却再无往日的辉煌，孤处大漠深处，任窟檐塌毁、风沙掩埋。一直到藏经洞的发现，敦煌石窟才再度引起世人瞩目。

王圆箓是不通文墨之人，当打开藏经洞，看到在不大的洞窟中密密麻麻地堆满了成千上万的写卷，他非常震惊，不知所措，虽没多少文化，但也知道这些文物绝对是稀世珍宝。他挑选了几件精美的写卷和绢画送给政府官员，希望能得到些赏赐，但昏庸的官员把文物留下把玩，却完全没有认识到这些文物的惊天价值，只让王道士将所发现的经卷就地封存。王道士见地方官员这个态度，就擅自不断选送经卷给熟人和朋友，藏经洞发现的消息也就不胫而走。

敦煌发现藏经洞的消息传出后，一时吸引了不少盗宝者纷至沓来。19世纪末20世纪初，英、法、德、日等帝国主义国家相继派出所谓的探险考察团到我国西北等地进行地理考察和非法考古挖掘，盗走了不计其数的文物宝藏。

1907年，受英国政府派遣的英籍匈牙利人斯坦因来到敦煌，当他听说藏经洞发现的消息，迫不及待来到莫高窟。他编故事说自己是虔诚的佛教崇拜者，是追随玄奘的足迹从印度来到中国，并负有把玄奘带来的佛经重新带回印度的使命，就这样他骗取了王道士的信任。王道士把藏经洞的经卷一包包搬出来让斯坦因挑选，斯坦因由此得到了极有学术价值的汉文、梵文、于阗文、回鹘文等经卷和绘画、刺绣及其他工艺品，总共有29箱10000多卷。斯坦因写信给朋友艾伦时，难掩兴奋之情，炫耀这批文物只花了130英镑，而买一个梵文贝叶和一些古旧物品就要这些钱了。1914年，斯坦因再次来到敦煌，又从

| 斯坦因（摄于 1929 年）

王道士那里骗取了 5 大箱 6000 多卷文书。

斯坦因带回大量中古文书和艺术品的事很快就轰动了欧洲，1908 年，伯希和也来到了敦煌。伯希和是法国著名的汉学家，来敦煌前，伯希和作为团长负责法国组织的中国西北考察团的考古挖掘工作，在新疆库车发掘了大量文物。当他经过乌鲁木齐时，遇到一个中国官员，向他展示了敦煌发现的卷子，伯希和一眼就判断出这是 8 世纪以前的写本，不禁欣喜若狂，匆匆奔向敦煌。伯希和到敦煌后调查了莫高窟，给洞窟编了号，并记录了洞窟题记，还让助手对部分洞窟进行拍照。伯希和用各种手段骗取了王道士的信任，在藏经洞中翻检了所有的经卷，以 500 两银子的价格骗购了精心挑选的学术价值极高的写卷6000 多卷。

斯坦因的行李车停在敦煌县城一寺庙前

伯希和在藏经洞内挑选精品

在欧洲帝国主义不断到中国西北探险和盗掘的时候，日本人也不甘落后。1911年，大谷光瑞探险队到敦煌，拍摄了莫高窟部分洞窟，在当地购买收集到了数百卷敦煌写经，并盗走了莫高窟的两身精美彩塑。

1914年，以俄国鄂登堡为队长的探险队到达敦煌，他们绘制了400多张石窟平面图、记录了177个洞窟的内容，拍摄了2000多张照片，并盗走了敦煌壁画残片、丝织品等艺术品300多件，还通过各种手段获得敦煌经卷1万多件。

1924年，美国人华尔纳至敦煌时，藏经洞文物已被瓜分完毕。华尔纳曾留学日本，又在日本、朝鲜调查过佛教美术，所以他对东方艺术有着浓厚的兴趣。他仔细考察了莫高窟之后，决心无论如何也要取走一些壁画和彩塑，他用70两银子买通了王道士后，就明目张胆地用带来的特制胶布剥取了精美壁画十几块，又搬走了第257窟的北魏彩塑和第328窟的唐代彩塑各1尊，这些艺术品带回美国后，保存在哈佛大学的福格博物馆，这个小小的博物馆因此名噪海外，但莫高窟却留下了永远难以抹去的伤痕！华尔纳回国后，于1925年又组织了第二次敦煌探险，企图更大规模地剥离窃取敦煌壁画，那时正值上海发生"五卅惨案"，全国反抗帝国主义的斗争处于高潮，在当地民众的反对、官府的阻止，以及同行学者的监视下，华尔纳大量窃取敦煌壁画的计划落空。

实际上，莫高窟所受的劫难远不止这些。在华尔纳之前，

被华尔纳盗走、现存于哈佛大学福格艺术博物馆的敦煌彩塑

一伙在十月革命中败走的白俄士兵流窜到中国境内，被中国当局拘留，昏庸无知的地方官员竟把莫高窟作为这伙人的拘留地。他们在洞窟内生火做饭，在精美的壁画上乱刻乱画，使无数的艺术珍品惨遭荼毒。

　　另外，藏经洞的发现使王道士得到了意想不到的收入，于是他忙着做"功德"，请来一些工匠制作了很多塑像，这些塑像不伦不类、水平极差，一些洞窟的塑像甚至被刷上一层极不协调的大红、大蓝色。最令人痛心的是，莫高窟栈道年久失修，很多上层洞窟无法通达，王道士就把洞窟与洞窟之间的墙壁打穿作为通道，大面积的壁画因此被毁，使莫高窟蒙受了极大的灾难。

三、敦煌在召唤

1909 年，当伯希和携藏经洞遗书返回巴黎途经北京短暂停留时，向一些学者炫耀在敦煌的收获，在场学者无不震惊，扼腕痛惜！学者罗振玉等得知敦煌藏经洞还有剩余写卷时，大力奔走呼吁，促使清政府下令将藏经洞所剩经卷调运到北京，保存于京师图书馆。罗振玉、蒋斧、王仁俊、王国维、董康、叶恭绰、陈寅恪等学者，通过抄录、题跋等方式刊出、研究敦煌遗书，开创了国内敦煌研究的先河。与此同时，西方汉学家、藏学家等不同领域学者也竞相研究，一门国际性的显学"敦煌学"逐渐兴起。但远在西北戈壁大漠的敦煌石窟却依然任由风沙肆虐，鲜有人问津。

1937 年，日本发动全面侵华战争，国民政府被迫迁都重庆，北京、杭州等地的高等院校及文化机构也纷纷移向西南，形成了中国文化中心西移的局面，大批学者、艺术家开始关注西部的文化遗产。在敌寇压境、山河破碎的非常时期，学者志士肩负起保护民族文化遗产、维护民族传统文化的使命职责，他们走出书斋，赴文化遗产地考察、调研。在这样的背景下，一批艺术家学者先后远赴大漠，不辞辛苦到敦煌实地考察、临摹学习。

　　第一位到敦煌临摹壁画的是李丁陇。李丁陇青年时代在上海美术专科学校师从刘海粟学习，他才华横溢，被刘海粟称为"第二'八大山人'"。1938 年，李丁陇历经各种波折来到敦煌，在艰难的环境下临摹敦煌壁画，1939 年带着他的临摹成果到达西安，在西安举办"敦煌艺术展览"，一时引起强烈轰动。1941 年，李丁陇又在成都和重庆等地举办展览，展览期间与名满海内的画坛巨匠张大千相识，张大千称赞李丁陇是第一个临摹敦煌壁画的人，为国家做了一件大好事。正是受敦煌艺术展览的感染和启发，张大千也产生了决意要去敦煌的想法。

　　随后，张大千先后两次携家眷和弟子远赴敦煌。他带着谢稚柳及弟子等为洞窟做了编号、记录，并临摹了大量的壁画。他们的成果后来结集编成了《敦煌艺术叙录》《莫高窟记》，前者是最早出版的关于莫高窟内容的总录性专著；临摹的壁画于 1944 年相继在成都、重庆展出，向人们展现了清新绚丽、别开

张大千

生面的艺术世界。历史学家陈寅恪盛赞张大千艺术的成绩拓展了敦煌学研究的范围。

在李丁陇、张大千、谢稚柳之后，还有吴作人、叶浅予、黎雄才、赵望云、吴冠中、袁运生、关山月等艺术家赴敦煌临摹壁画，并举行大规模的敦煌艺术临摹画展，将敦煌艺术推向社会，引发了政界、学术界、艺术界对敦煌石窟更广泛的关注。艺术家、学者们为博大精深的敦煌艺术惊叹，也为敦煌石窟无人管理、残垣断壁、流沙肆虐，而地方政府却不管不问的现状而痛心。李丁陇、张大千等艺术家和学者上书国民政府行政院、教育部及文化委员会，呼吁保护敦煌文物。

1941 年，时任国民政府监察院院长于右任考察西北并到访莫高窟。当看到敦煌文物多年来不断遭受抢劫掠夺、许多洞窟濒于坍塌、壁画大块脱落等岌岌可危的现状时，于右任忍不住痛惜感叹：

斯氏伯氏去多时，东窟西窟亦可悲。
敦煌学已名天下，中国学人知不知？

返回重庆后，于右任在政界、学术界大声高呼"莫高窟是中国的骄傲，更是甘肃的骄傲，应珍视！"作为政府高级官员，于右任亲自撰写了《建议设立敦煌艺术学院》的议案，并提交国民政府行政院，具体提出了由教育部负责筹划设立敦煌艺术学院，招收大学艺术学生就地研习，鼓励学人研究敦煌艺术，以期保存千佛洞壁画的建议。

于右任的建议在国民政府产生重大反响，国民政府教育部、中央研究院历史语言研究所先后派出"西北艺术文物考察团""西北史地考察团"赴敦煌石窟及周边地区考察，测绘丈量、记录拍摄莫高窟，并对敦煌文物古迹进行勘查。学术界也积极响应于右任的建议，向达发表了《论敦煌千佛洞的管理研究及其他连带的几个问题》，呼吁设立专门机构，保护敦煌文物；贺昌群撰写了《敦煌千佛洞应归国有赞议》，呼吁保护敦煌宝藏。

在各界人士的奔走呼吁下，国民政府在第十五次国防最高委员会常务会议上原则通过了于右任提交的议案，并交由教育部负责筹办。

教育部认为，要成立艺术学院，需要有教师和学生，可敦煌过于偏远，一时难以招到老师和学生，建立艺术学院的方案实施起来有难度，但莫高窟保护工作又刻不容缓，于是决定先成立"国立敦煌艺术研究所"，聘请有艺术研究与兴趣的人员作为研究员，并承担保管的责任。1942年，以研究和保管敦煌艺术、发扬东方民族文化为宗旨，国民政府批准设立国立敦煌艺术研究所，由高一涵、常书鸿、王子云、郑通和、张大千、窦景椿等组成筹备委员会，负责国立敦煌艺术研究所的筹建。

经过一年多的努力，1944年1月1日，国立敦煌艺术研究所正式成立，常书鸿被任命为所长。至此，敦煌石窟结束了400多年荒芜凋敝、任人劫掠、无人管理、任凭破坏和偷盗的历史。在风雨如晦的战争年代，以常书鸿为代表的第一代莫高窟人坚守戈壁大漠，在交通不便、陋屋斗室、经费不足、物资匮乏的艰难困境下，招募人才，扩大机构，开启了敦煌石窟文物的保护、研究等各项工作，敦煌文物事业逐步得到开拓并发展起来。

四、春风化雨润敦煌

中华人民共和国成立以来，历届党和国家领导人心系敦煌、情牵敦煌，亲身到访敦煌，亲切关怀莫高窟人。党和国家的重视如春风化雨，激励着、鼓舞着一代又一代莫高窟人长期扎根大漠、守望敦煌，使古老的敦煌艺术重焕光芒。

1. 中华人民共和国的成立，开启了敦煌文物事业的新纪元

在风雨如晦的战争时期，莫高窟的前辈们在戈壁沙漠、偏僻荒凉的环境中抢救文物、探索开展壁画临摹，但一直都面临着经费不足、物资缺乏等困境，敦煌石窟的保护等各项事业无法顺利开展。

1949 年 9 月，敦煌解放了。解放军团

长张献魁、政委祁承德奉第一野战军司令员兼政委彭德怀之命保护莫高窟。1950 年 2 月，政务院（新中国成立初期，国务院称为政务院）得知当时莫高窟的处境，即向甘肃省政府发函，指出，"该地区秩序未靖，时常有遭土匪特务袭击之虞，请注意对敦煌文物加以保护"。1950 年 6 月 17 日，西北军政委员会文教部派赵望云、张明坦视察并接管国立敦煌艺术研究所。甘肃省政府高度重视，强调敦煌文物艺术是民族文化遗产，在学术上有难以估量的价值，并派出专员协助工作组开展接收。接管工作组亲切慰问了坚守敦煌石窟的莫高窟人，肯定了大家多年的工作，宣布自 1950 年 8 月 1 日起由西北军政委员会文教部正式接管国立敦煌艺术研究所，改名为敦煌文物研究所，直属文化部事业管理局领导。接管组全面总结了研究所成立以来的工作，听取了莫高窟人在过去工作中的困难和问题，建立了新的工作制度，确立了所内工作机构，拟定了工作计划，并实行工资制，核定了工资发放标准。对比国立敦煌艺术研究所时期孤悬关外的情景，党和国家的关怀、支持让研究所员工倍感温暖，士气大振，大家切身感受到一个崭新时代的来临。

1954 年 6 月，文化部对敦煌文物研究所的工作方针作出了明确指示，指出敦煌文物研究所的中心任务是"保护、研究、发扬"（后改为"保护、研究、弘扬"），这"六字"方针确定了敦煌文物事业的发展方向，直到今天莫高窟人依然在围绕这"六字"方针推进事业发展。1957 年，国家改进文化管理体制，敦煌文物研究所交由甘肃省主管，文化部指示，敦煌文物研究所的工作方针不变，全部工作由甘肃省领导，业务上受文化部指导。

2. 困难时期，党和国家未忘敦煌

20 世纪五六十年代，国家虽处于社会主义建设的探索阶段，经济尚不稳定，各行各业建设刚刚起步，但党和国家没有忘记远在西北边陲的敦煌石窟，在艰难条件下依然支持敦煌文物事业的发展。早在 1945 年，国立敦煌艺术研究所在重庆中苏友好协会举办敦煌壁画临摹艺术展时，中国共产党驻重庆代表周恩来、董必武、林伯渠以及文化界著名人士郭沫若等就参观了展览，并向常书鸿等人在困难时期保护敦煌艺术的行为表示由衷的敬意。

1951 年，为了配合抗美援朝战争时期的爱国主义教育，国家有关部门要求敦煌文物研究所在北京举办一次敦煌艺术画展。展览开幕前，周恩来总理亲临现场参观指导，并亲切询问了敦煌文物研究所在工作中面临的困难。当看到 1000 多件摹本、实物、图表，特别是那些精美绝伦、出神入化的敦煌壁画和彩塑摹本时，周总理高度赞扬了敦煌文物研究所全体艺术家和工作人员献身艺术、保护国宝的可贵精神和已经取得的可喜成绩，表示："相信敦煌艺术的发展，一定会有一个全盛时期。"展览期间，在周总理的安排下，外交部还专门抽出一天时间安排外国驻华使节和国际友人前往参观此次展览，使我国敦煌学的研究成果第一次推向世界。展览结束后，周总理亲自签文批准，给敦煌文物研究所全体工作人员颁发了奖状和奖金，大家无不欢欣鼓舞。同年，在周总理的关心下，国家文物局派北京大学赵正之、宿白教授，清华大学莫宗江教授以及当时古代建筑修整所余鸣谦工程师组成的 4 人工作组对莫高窟进行了全面考察，形成了《敦煌石窟勘查报告》，提出了敦煌文物研究所长期保护工作的纲要。

1956 年至 1958 年，叶剑英、胡耀邦、习仲勋、彭德怀等也先后到莫高窟视察，赞美莫高窟精美绝伦的艺术是古代人民的伟大创造，勉励敦煌文物研究所工作者继续坚守。

1959 年夏，国家文物局邀请中国科学院治沙队陈明道、李鸣岗等治沙专家，会同甘肃省农林厅、酒泉地区林业局负责人在莫高窟召开治沙会议，对鸣沙山及莫高窟流沙情况进行了全面考察，提出了莫高窟治沙的规划意见。

1961 年 3 月 4 日，国务院公布敦煌莫高窟为第一批全国重点文物保护单位。1962 年，国务院派出文化部副部长徐平羽带考察团来敦煌进行考察。看到莫高窟崖体面临坍塌，洞窟流沙堆积，壁画大面积空鼓剥落，塑像倾斜倒塌等文物安全现状，考察团感到危机四伏，回北京后立即将莫高窟保护问题上报国务院。周恩来总理亲自主持会议，听取考察团汇报后，语重心长地指出："敦煌莫高窟是我国古代劳动人民的文化遗产，已有一千数百年的历史，解放前已遭受过帝国主义者的劫掠和破坏，现在我们一定要保护好它，否则我们这些人不能向后人交代。"当时，国家刚刚经历了三年困难时期，财力吃紧，在全国各地基建基本停止、全力以赴发展工农业生产的情况下，周恩来总理果断作出了批拨专款 100 万元、一步到位用于抢救敦煌莫高窟危崖的决定。随后，国家派铁道部西北勘测设计院承担设计任务，开展地质调查、地质钻探、地形和洞窟测绘等工作，拉开了石窟全面加固工程的序幕。在当时国际、国内尚无科学成熟的文物加固理念、方法和技术的情况下，国家慎而又慎，深谋远虑地规划设计方案。国家文物局在北京经过多方征求意见，建筑学家梁思成先生提出莫高窟加固工程必须保持敦煌石窟历史的"真实面貌"，秉持"有若无，实若虚，大智若愚"的保护理念。在国家文物局和梁先生的指导下，铁道部西北铁路工程局具体承担并开展莫高窟崖体加固工程。工程历时 3 年多，于1966 年竣工，共加固崖体 576 米、洞窟 354 个。加固工程有效遏止了岩体裂隙发展，可抗7级烈度地震，使莫高窟以崭新的面貌展现在世人面前，其外观庄重朴实，代表了当时全国文物保护工程的最高水平，今天依然十分坚固。

3."文革"时期，艺术宝库幸免于难

"文化大革命"开始后，刚刚起步的敦煌文物事业处于风雨飘摇中。以江青为首的"四人帮"在接见首都红卫兵时，公开叫嚣："敦煌艺术神神鬼鬼没什么可继承的。"敦煌石窟被列入"四旧"，成为批判和破除的对象。社会上有人片面宣传"宗教是麻醉人民的鸦片""宗教艺术是贩毒广告"。在一片批评声中，敦煌石窟危在旦夕。1967年夏天，敦煌县武装部、公安局和敦煌文物研究所同时接到兰州大学敦煌籍学生发来的电报，称兰州的部分红卫兵已动身前往敦煌，和敦煌的红卫兵汇合，计划捣毁莫高窟。莫高窟一旦被毁灭，将是人类文化史上的巨大悲剧！敦煌县委和敦煌文物研究所紧急向甘肃省政府和国家文物局汇报了这一情况。紧急汇报很快送呈国务院，周恩来总理指示："敦煌莫高窟是第一批国家级文物保护单位，在'文革'期间一律停止对外开放，任何人不得冲击破坏，确有问题待后期清理。"当红卫兵到来时，敦煌文物研究所工作人员手持国务院的文件，向红卫兵讲述敦煌莫高窟的文物价值和到今天的艰难历程，最终劝退了红卫兵，使莫高窟幸免于难。当我们今天依然可以瞻仰巍峨壮观的莫高窟时，无限唏嘘，也无限感慨，莫高窟能够平安渡过这次浩劫，幸得党和国家的殷殷关切和有效保护！

千年瑰宝守护人
——莫高窟人的奋斗历程

QianNian GuiBao
ShouHuRen
mogaokuren de fendou licheng

4.改革开放，敦煌文物事业迎来春天

1978 年，党的十一届三中全会召开，党中央采取一系列拨乱反正的政策，开启了改革开放的伟大时代。1980 年，中共甘肃省委对敦煌文物研究所进行了整顿，调整和加强了领导班子。

1981 年，改革开放的总设计师，时任中央军委主席的邓小平，在中央政治局委员和中央宣传部部长王任重的陪同下莅临敦煌视察。在视察中，邓小平一再叮嘱，敦煌文物天下闻名，是祖国文化的遗产，一定要想方设法保护好。他说，敦煌（保护）的事是件事，还是件大事！在考察完洞窟后，邓小平提出要看看职工工作和生活的地方，当他看到时至 80 年代，敦煌文物研究所办公的地方还是清末留下来的寺庙，职工住的宿舍还是用马厩改造的土房时，感慨万分，当即指示随行的有关部门领导，帮助解决敦煌文物研究所的困难。有关部门很快贯彻执行邓小平同志的指示精神，财政部拨出专款 300 万元，用于改善职工工作和生活条件。国家文物局还专门派出工作组来敦煌考察落实，确保这笔经费用于建设办公楼、科研楼和职工宿舍楼。位于莫高窟"新区"的办公楼、大报告厅和专家宿舍楼、职工宿舍楼（现财务办公楼）就是用这笔经费修建的。

1984 年，中共甘肃省委决定，扩大敦煌文物研究所，建立敦煌研究院，增设部门，增加编制，汇聚人才。这期间，党和国家领导人高度重视敦煌石窟，邓小平、江泽民、胡锦涛、万里、李鹏、李瑞环等都曾亲赴敦煌视察，亲切关怀、精心指导和大力支持敦煌石窟保护研究弘扬事业发展。

步入 21 世纪，随着敦煌石窟影响力的扩大，文化旅游事业的发展，人民文化需求的不断增长，越来越多的游客到访莫高窟，石窟保护与利用的矛盾日益凸显。为实现保护与旅游开放的平衡发展，2003 年，在全国政协十届一次会议上，樊锦诗和其他 24 位委员提交了《建设敦煌莫高窟游客服务中心的建议》。全国政协主席贾庆林高度重视，全国政协将其列为当年的重点督办提案，并组成专题调研组，赴敦煌莫高窟进行了实地调研，提出了翔实的报告与意见。同年 10 月 13 日，国务院总理温家宝就此事作出"莫高窟保护应予高度重视，请中央有关部门和甘肃省政府研究解决"的批示。经过前期艰苦的调研和多次论证，提案建议的项目最终由国家发改委批准立项，该项目建设内容包括数字展示与游客接待中心工程、崖体加固与栈道改造工程、风沙危害综合防护工程及安全防范系统建设，是莫高窟文物保护史上规模最大、涉及面最广的一项综合性保护工程，为实现敦煌石窟的永久保存、永续利用的理想又迈进了一大步，为莫高窟的未来发展奠定了坚实基础。

5.进入新时代，承担新使命

党的十八大以来，党和国家更加重视文物事业的发展，提出了新时代文物事业发展的新使命、新要求。习近平总书记多次作出重要指示："文物承载灿烂文明，传承历史文化，维系民族精神，是老祖宗留给我们的宝贵遗产，是加强社会主义精神文明建设的深厚滋养。保护文物功在当代，利在千秋。"

2018年1月，国务院总理李克强组织召开《政府工作报告》征求意见座谈会，敦煌研究院名誉院长樊锦诗受邀参加，座谈会上，李克强总理对樊锦诗说："你在敦煌坚守了50多年，守护着敦煌石窟这处全球罕见的文化遗产，谢谢你！"针对敦煌研究院反映的敦煌文物事业发展中存在的问题，李克强总理指示："敦煌石窟不仅显示了中华文化雍容大度包容的文化内涵，更是东西方文化交汇的结晶。对这些非常珍贵的中华民族瑰宝，我们一定要用现代的科技手段保护好，要不惜重金！"

2018年9月，国务院副总理孙春兰到访莫高窟，亲切询问目前敦煌文物事业中存在的问题和需要国家进一步解决的事项，在听取了敦煌研究院关于"建设丝绸之路文化遗产数据中心"和"丝绸之路文化遗产国家研究中心"的计划和设想后，孙春兰回到北京指示相关部门高度重视，给予支持。

2019 年 8 月 19 日，习近平总书记考察敦煌研究院，察看珍藏文物和学术成果展示，同有关专家、学者和文化单位代表座谈，并就文物保护和研究发表了重要讲话。他在讲话中指出：70 年来，一代又一代的敦煌人秉承"坚守大漠、甘于奉献、勇于担当、开拓进取"的"莫高精神"，在极其艰苦的物质生活条件下，在敦煌石窟资料整理和保护修复、敦煌文化艺术研究弘扬、文化旅游开发和遗址管理等方面做了大量工作，取得了不少重要研究成果。并指示：研究和弘扬敦煌文化，既要深入挖掘敦煌文化和历史遗存背后蕴含的哲学思想、人文精神、价值理念、道德规范等，推动中华优秀传统文化创造性转化、创新性发展，更要揭示蕴含其中的中华民族的文化精神、文化胸怀和文化自信，为新时代坚持和发展中国特色社会主义提供精神支撑。要加强对国粹和非物质文化遗产的支持和扶持，加强对少数民族历史文化的研究，铸牢中华民族共同体意识；要推动敦煌文化研究服务共建"一带一路"，广泛开展国际交流合作，充分展示我国敦煌文物保护和敦煌学研究的成果，将敦煌研究院建设成世界文化遗产保护的典范和敦煌学研究的高地。

国运昌盛，才能推动文物事业的繁荣发展，党和国家领导人对敦煌研究院及敦煌文物事业的殷切期望、谆谆嘱托，使莫高窟人深受鼓舞，激励着一代代莫高窟人前赴后继，砥砺前行，持续推动了敦煌文物事业的繁荣发展。

第二章

莫高窟人的奋斗之路

中华人民共和国成立后，国家高度重视敦煌石窟的保护、研究、弘扬，改组国立敦煌艺术研究所为敦煌文物研究所，1984年后扩建为敦煌研究院。敦煌文物事业经过几代人的薪火相传，逐渐从艰难起步到蓬勃发展，迈上国际化、科学化、规范化发展道路，历经沧桑的敦煌石窟重新焕发出璀璨的光芒。这光芒的背后，凝结着几代莫高窟人的辛勤努力和巨大付出。他们自愿来到敦煌，成为敦煌石窟的守望者和敦煌文物事业的担当者，承担着保护、研究、弘扬敦煌文化艺术的使命和职责。他们当中，有些是享誉国际的敦煌学者，有些是名不见经传的默默耕耘者，他们肩负着同样的历史使命，怀揣着同样的梦想，以坚实的脚步与不懈的探索精神坚守在风沙弥漫的茫茫戈壁，把自己毕生的精力奉献给了敦煌文物事业，历经挫折与磨难，砥砺坚守，结下了一生曲折、坚韧而又质朴的情缘。这种情缘在敦煌研究院70多年的奋斗历程中，在文物研究和保护具体实践中，凝练积淀形成了生生不息的"莫高精神"，即"坚守大漠、甘于奉献、勇于担当、开拓进取"。莫高窟人凭着这种宝贵精神，把敦煌石窟的保护、研究、弘扬事业一步步发展壮大，推向新的时代！

一、开基创业——常书鸿

1944 年，国立敦煌艺术研究所成立，常书鸿任所长。

常书鸿出生于美丽的西子湖畔，受家族影响，自幼喜爱绘画，高中毕业后考取了浙江省立甲种工业学校，结束学业就留任美术教员。1927 年，常书鸿考取留法的公费生，远渡重洋到法国里昂中法大学学习绘画和染织图案设计。1932 年，他以油画第一名的成绩毕业于里昂国立美术学校，并进入巴黎高等美术学校，在新古典主义画家、法兰西艺术学院院士劳朗斯画室深造。他的绘画习作功力深厚，色彩庄重，有好几幅画作被巴黎近代美术馆、法国里昂美术馆等收藏，先后在法国国家沙龙展中获金质奖章 3 枚、银

常书鸿

质奖章2枚、荣誉奖章1枚，并因此成为法国美术家协会会员、法国肖像画家协会会员，这样的成就在留学生中凤毛麟角。

1935年的一天，在巴黎塞纳河畔的旧书摊上，常书鸿偶然看到了一本画集，那是伯希和根据1908年在敦煌考察时拍摄的照片编辑出版的图册《敦煌石窟图录》。他大为震惊！大幅的佛教画，气势雄伟的构图像西方拜占庭宗教绘画；人物刻画生动有力，笔触比西方现代野兽派的画风还要豪放；唐代经变画，时代早于意大利佛罗伦萨画派先驱者乔托700年，早于油画的创始者佛拉蒙学派的大师梵爱克800年，早于意大利的法国学派祖师波生1000年。常书鸿一面感叹，一面惭愧，原来祖国有着这样悠久灿烂的文化艺术，自己竟毫无所知，还舍近求远地跑到欧洲学绘画，他决心回到祖国去，去振兴和发展祖国优秀的传统文化艺术。

1936年，常书鸿怀着强烈的爱国热忱和艺术追求告别了巴黎舒适的生活，踏上了回国之路，然而此时正值中国灾难深重之时，常书鸿回国后就开始了颠沛流离的生活，先是任北平艺专的教授，次年日本侵华战争全面爆发，常书鸿随校南迁，辗转于杭州、昆明、重庆，心心念念的敦煌像是远在天边，可望而不可即。直到1942年，国民党政府派出考察团对敦煌石窟进行调查，计划筹备成立敦煌艺术研究所，在好友陈凌云、张道藩的帮助推荐下，常书鸿被任命为国立敦煌艺术研究所筹备委员会副主任委员，负责组织筹备国立敦煌艺术研究所。

去敦煌时，常书鸿心中憧憬着，一定要把国立敦煌艺术研究所办成中国的"美帝西学院"（Villa Medi-cis）。美帝西学院是罗马专门的艺术学院，每年会选拔天才的画家、雕塑家、建筑家、音乐家保送到学院学习，去实地感受古希腊罗马艺术以及文艺复兴时期艺术巨匠的作品，去罗马接受艺术熏陶几乎是艺术家们一生的追求。

首次敦煌之行异常艰辛。1943年2月20日，常书鸿一行乘一辆敞篷卡车从兰州出发，经过整整一个月的长途跋涉，于3月20日下午到达安西。从安西到敦煌，连破旧的公路都没有，只能靠骆驼，他们经过瓜州口、甜水井、疙瘩井3夜的宿营，第4天才到达莫高窟。

到了莫高窟，看到鸣沙山东麓1700米长的断崖上分布着数百个洞窟，每个洞窟都有彩塑、壁画，是那样绚丽灿烂、遒劲酣畅……常书鸿连连惊叹百闻不如一见！在这个伟大的民族艺术宝库面前，他感到深深内疚，感叹自己在漂洋过海、旅居欧洲时期，只认为希腊、罗马和欧洲文艺复兴时期的艺术是世界文艺发展的高峰，而对祖国伟大灿烂的古代艺术却一无所知，简直太肤浅、太可怜了！虽然沉浸其中如梦如幻，但走出洞窟目光所及却是满目疮痍：莫高窟地处戈壁大漠，风起来的时候，"惊风拥沙散如时雨"，像瀑布一般淌下的黄色沙带，把洞窟堆塞起来。莫高窟前还有当地农民放牧牛羊，洞窟被当成夜宿的地方，在那里做饭烧水，随意毁坏；残破的窟檐歪斜倾倒，已成摇摇欲坠的"危楼"；洞窟中流沙堆积，脱落的壁画随处皆是；洞窟依附的崖体随时有垮塌的危险，时不时有崩落的岩石掉下；连接洞窟的栈道走廊堵塞着厚厚的沙土；寂静幽暗的洞窟，像是默默回顾着她的盛衰荣辱，又像是声嘶力竭地大声呼救……如此情状，让常书鸿思绪万千，心目中的"美帝西学院"就像是天方夜谭，他深深认识到他将肩负的任务和使命是多么的艰难沉重！

常书鸿不断写信给远方的友人和学生，希望他们推荐和招聘愿意来敦煌工作的年轻人。受敦煌艺术和常书鸿的感召，先后有十多位美术工作者和美术史学家、摄影家，自愿来到敦煌艺术研究所工作，常书鸿的妻子陈芝秀也带着年幼的女儿常沙娜、儿子常嘉陵来到敦煌。研究所还招录了李赞亭、陈延儒、刘荣曾、辛普德等人员做行政工作。

那时候，莫高窟的生活是艰难的。莫高窟距离县城25公里，没有汽车，只有畜力车，从莫高窟到县城买东西，马车要走半天，第二天采购，第三天回来，交通极为不便。住的房子是马厩改造的，小屋里是土炕、土桌、土壁橱、土书架，除了一个可以挪动的木凳，所有家具全是用土坯垒起来的。粮食是定量分配的，一日两餐白水煮面条和清汤白菜，有时候维持生命的最低要求都达不到，常常需要挖野菜。吃的水是宕泉河（又叫大泉河）的苦水，初来乍到，往往肠鸣腹泻，冬天还要砸冰取水。除了这些物质方面的困难外，还有一个更可怕的困难是远离社会的孤独和寂寞，莫高窟周围方圆20多公里都是荒无人烟的戈壁沙漠，正如史苇湘所说："这里与外面的世界完全是封闭的，听不见新闻，看不见内地的新书杂志，仅有的一份兰州出版的《和平日报》要半个月到20天才能到达莫高窟，看病购物要骑毛驴进城，有人从城上回来才能听一点在县城里道听途说的'新闻'。"

尽管如此，在常书鸿的带领下，研究所的人仍然开展了一些力所能及的工作。当时摆在研究所面前的是几件需要马上做起来的事情，一是要将莫高窟正式管起来，不能任人随意进入，随便破坏；二是要清理常年积累的流沙，想办法先抢救文物；三是要调查洞窟，要临摹研究这些伟大的艺术，要让更多人知道祖国西陲的这座文化宝库。

常书鸿与当地政府对接协调，依靠县政府借款、向当地居民募资，以及全所职工共同努力，修筑了一条长1007米的土围墙，把石窟与中下寺围在里面；又修了几条必要的通道，为一二十个主要的洞窟做了窟门；并自创了"拉沙排"的方法，打着号子把积沙一排排推到水渠边，然后提闸放水，把沙冲走，靠这样原始的方法清理了 10 余万立方米的流沙；研究所制定了《敦煌千佛洞安西万佛峡保管办法》《拓印千佛洞碑碣管理办法》《千佛洞游览规约》等，宣告莫高窟有了管理机构，过去无人管理、任人破坏、随意毁坏文物的历史已经结束。

1945 年，国立敦煌艺术研究所制定了第一份系统的工作计划，提出全面调查洞窟内容、分类分专题临摹壁画等具体工作任务，并对临摹工作作出严格的要求，明令禁止用透明纸直接蒙在壁画上勾线，禁止喷湿壁画来看清线条的临摹方法，明确要求在保护好的前提下进行临摹。

国立敦煌艺术研究所的工作人员大部分都是美术专业出身，洞窟中精美的艺术、丰富的内容，让他们惊叹，使他们迅速投入工作。通常天刚亮，他们就进入洞窟、铺开画纸、打开笔记、临摹调查、测绘研究。洞窟大都很暗，他们常常要一只手拿着洋蜡烛或油灯，一只手作画。灯光照明面积很小，而有的洞窟很大，要用梯子爬上去看一眼，再爬下来画几笔，梯子够不着，就把梯子架到桌子上再爬上去，时常发生梯子在桌面上滑倒、从高处摔下来的危险情况。尤其是画洞窟顶部的藻井，需要反复抬头低头，常常不到一小时就恶心呕吐。画低处的局部，人要趴卧在地上作画。冬日颜料冻得很硬，只能用煤气灯来烤，

洞窟里通风不畅，还发生过煤气中毒的情况。就在这样恶劣的条件下，在常书鸿的带领下，敦煌文物事业从无到有，开始起步。

前行的道路总是布满荆棘坎坷。1945年常书鸿的夫人陈芝秀因不能忍受敦煌艰苦的生活条件离他而去，让常书鸿内心深受重创。1945年8月，抗战胜利，从各地来的美术工作者也都思乡心切，在短时间内纷纷向常书鸿请辞离开，艰难成立的国立敦煌艺术研究所就只剩常书鸿和谢恒坦、辛普德、窦占彪、范华，濒临裁撤窘境，常书鸿不得不暂别莫高窟，到重庆周旋国立敦煌艺术研究所保留之事，并重新"招兵买马"。

1946年，常书鸿回来了，还带来了从重庆、兰州招募的许多青年才俊。国立敦煌艺术研究所在于右任、陈立夫、傅斯年、李书华、张道藩等的热心协助下改隶中央研究院，但仍面临着风雨飘摇、随时被撤销的命运。

1949年10月，中华人民共和国成立，1950年国家接管国立敦煌艺术研究所，改组为敦煌文物研究所，直属文化部事业管理局，常书鸿继续担任所长，一个崭新时代真正来临。

接管之后，党和国家对敦煌石窟事业的发展给出明确的指导，还派相关专家组成工作组对莫高窟进行了全面考察，提出了长期保护工作的纲要和崖体加固、壁画保护、治沙等具体保护工作的措施。这样，虽然条件仍然艰苦，但国家的支持和人员的扩充使敦煌文物研究所士气大振，原本打算离开的人也安下心来，继续坚守在敦煌。这个时期人们常常能听到临摹工作者、保护工作者从窟内传出的川剧、秦腔、民歌、小调。他们忘情地工作着，资料室不但白天开门，晚上也开门，煤油灯擦得锃亮，人们的心也光明。

段文杰曾这样形容自己和莫高窟的初遇："好像一头饿牛闯进了菜园子，精神上饱餐了一顿，接连几天我都在洞窟中度过，有时甚至忘记了吃饭。"关友惠说："一进入洞窟就像进入了极乐世界，神游物外，精神就来了，什么都忘记了，里面有看不完的东西，什么都想看，什么都想画。每一次都有新发现，心情也特别愉快，不觉得苦。"史苇湘说："第一次进入石窟时，我被这些古老瑰丽的壁画和彩塑惊吓得发呆了。假若说人间确曾有过什么威慑力量，在我充满三灾八难的一生中，还没有一次可以与初见莫高窟时，心灵上受到的震撼与冲击比拟。我处在一种持续的兴奋之中，既忘却了远离家人的乡愁，也没有被天天上洞窟的奔波所苦，仿佛每天都在享用无尽丰美的绮筵盛宴。每一个洞都有多得像我小时候玩过的万花筒、绝不重复地变换着场景的壁画……如饥似渴地参观，仿佛着了魔，甚至那些破墙残壁上的一两块颜色，三五条线描，都会使我一顾三盼，

1955 年冬，敦煌文物研究所职工在宕泉河破冰取水

流连忘返！"

20 世纪 60 年代初，著名诗人闻捷来莫高窟体验生活，有感于艺术家们在国家最困难的时期依然坚守临摹壁画的精神，创作了《莫高窟之歌》，并由著名作曲家瞿希贤谱曲，歌词这样写道："年年月月，清泉从变色岩上流过，闪耀着北魏壁画多彩的颜色。日日夜夜，白杨应和着窟檐的铁马，低唱着优美的东汉相和歌。但这儿并不是什么世外桃源，画家的心，紧紧扣着时代的脉搏，他们辛勤地临摹灿烂的历史文化，又为新的壁画献出无尽的心血。"

敦煌文物研究所的美术工作者就是怀着这样对敦煌艺术的崇敬和对祖国的热爱，临摹了大量的壁画，这段时期是壁画临摹的"黄金期"。为响应国家的号召，增强民族凝聚力，展示祖国文化的辉煌灿烂，弘扬中华民族优秀文化，敦煌文物研究所先后在国内外多次举办敦煌艺术展，让禁锢在石窟中的敦煌艺术走出敦煌、走向全国、走向世界。这些展览引起一些专家、学者对敦煌研究的兴趣，他们从中收集资料，开始了对敦煌石窟艺术和图像的关注与研究，所内新老职工学术研究的热情也不断高涨，一年内大大小小的学术探讨会议举行了几十次。在常书鸿的组织和带领下，《敦煌石窟全集》等大型研究项目被提上日程，一批研究论文也陆续发表，《敦煌莫高窟供养人画像题识》《敦煌石窟内容总目》《敦煌壁画艺术》《敦煌彩塑》等论著、图录先后出版。

"文化大革命"开始后，刚刚兴起的敦煌文物事业陷于停滞，敦煌文物研究所惨遭劫难。常书鸿被批斗、审查、罚去劳动，段文杰成了敦煌郭家堡的"猪倌"，史苇湘是"羊倌"，孙儒僴、李其琼被开除公职，发送四川原籍改造，李贞伯、万庚育因海外关系被列为"黑五类"，贺世哲被打成"反革命"，开除公职送回陕北老家……"文革"结束后，分散在全国各地的莫高窟人又从天南海北回到莫高窟，作为新时期事业发展的中坚力量，承担起敦煌石窟的保护、研究、弘扬新使命。

常书鸿是造诣深厚的艺术家，在法国留学期间已蜚声画坛，被徐悲鸿等画家称为"艺坛之雄"。但比起作为一个画家、一个艺术家的成就，我们更加无法忘记的是常书鸿对敦煌文物事业的开创性贡献。日本作家池田大作曾问常书鸿："如果来生再到人世间，你将选择什么职业？"常书鸿回答："我不是佛教徒，不相信'转世'，但如果真的再一次重新来到这个世界，我将还是'常书鸿'，我要去完成那些尚未完成的工作。"以他为首的第一代莫高窟人在风沙肆虐、荒凉寂寞的大西北戈壁沙漠中，面对破败不堪的敦煌石窟，以及土屋、土桌、无水、无电，经费拮据、物资匮乏、三餐不继、通信迟缓、信息闭塞等种种困

| 1978 年，常书鸿在莫高窟第 103 窟临摹壁画

1979 年，常书鸿与夫人李承仙在敦煌文物研究所办公室前合影

难，在莫高窟扎下根来，劳苦相勉数十载，洗心澄怀，筚路蓝缕，开基创业。即使在反右、"文革"的特殊年代，很多莫高窟人身处逆境，但仍然不改初心，安之若素，成为名副其实的"打不走的莫高窟人"。漫漫黄沙，掩不住他们探索敦煌石窟的热情；大泉苦水，冲不走他们保护敦煌石窟的决心。时间雕刻出了力量，他们用平凡书写伟大，用普通孕育崇高，在困苦中孕育了灵魂、孕育了精神的力量，孕育了精神生活之根。在当时虽未提出一种具体的精神名称，但在他们身上所折射出来的精神和信念是"莫高精神"的种子，是敦煌研究院代代薪火相传、生生不息的精神源泉。

二、继往开来——段文杰

　　1982 年，段文杰被任命为敦煌文物研究所所长，成为敦煌文物事业的领头人，在停滞十年、百废待兴的情况下，带领大家继续坚守大漠，发展敦煌文物事业。

　　段文杰是四川绵阳人，1941 年考入重庆国立艺术专科学校。抗战时期，四川、重庆、云南是大后方，国立艺专等一批学校、科研机构都西迁至此，当时社会文化名流、艺术家也都汇聚到大后方，使段文杰有幸跟随吕凤子、潘天寿、林风眠、傅抱石、黎雄才、李可染等艺术大家学习绘画，奠定了他深厚的绘画基础。但让段文杰十分不满的是，学校的讲师所教授的人物画都是宫廷仕女风格，白额头、尖下巴、八字眉、樱桃口、溜肩膀、

| 段文杰

杨柳腰，段文杰深深觉得在民族救亡图存的时期，这样的画根本不能反映时代风貌，不能给予社会向上的力量。

1944 年，张大千、王子云等人在重庆举办"敦煌壁画临摹展"和"西北风情写生展"，一时间在抗战大后方掀起"敦煌热"，众多艺术家、学者、各界人士纷至沓来观展，在攒动的人群里，就有青年学子段文杰。展厅里宏伟壮观的敦煌壁画令段文杰深深着迷，展览中的佛像、菩萨像、供养人像、佛传故事画等，色彩艳丽，构图饱满，线描秀美，段文杰被深深震撼。当听说敦煌有好几百个窟，这些只是冰山一角，他不禁心生憧憬：敦煌到底有怎样的宝库？其他壁画艺术到底是什么样子？他决心一定要到敦煌走一趟，去敦煌临摹学习。

1945 年，国立艺专毕业后，段文杰约了几位同学离开四川一起去敦煌，但才刚动身，就听到国立敦煌艺术研究所可能要被裁撤的消息，其他同学便东归南下，另谋出路，段文杰则执意无论如何要去敦煌看一看，只身西往。到了兰州，遇到途经兰州去重庆的常书鸿，常书鸿告诉段文杰，国立敦煌艺术研究所不一定被裁撤，他正要赶往重庆斡旋相关事宜，让段文杰在兰州等他。在兰州住了近一年，段文杰才终于等来了国立敦煌

1955 年 10 月，段文杰工作照

艺术研究所还要继续办的消息，他跟随常书鸿和新招录的艺术研究者，一道奔赴敦煌。

终于来到心向往之的莫高窟！北凉壁画朴实稚拙，造型简约，线条粗壮；北魏壁画凹凸晕染，浑厚深邃；西魏壁画"秀骨清像"，清爽空灵；北周壁画风格多样，大量连环画式的佛教故事画引人入胜；隋唐时期的经变画场面宏大、富丽堂皇、人物众多、色彩斑斓；五代十国至宋时期的巨幅供养人画像，惟妙惟肖；西夏至元时期的壁画色彩清丽，线条精湛……千年敦煌壁画，令他目不暇接，一连几天徜徉其中，尽享精神的饱餐。多年后段文杰这样描述自己当时的状态："一画入眼里，万事离心中"。

当身临其境观看了敦煌壁画原作之后，段文杰原来打算看一看、待个一年半载的想法发生了变化。对于这样一个巨大的艺术宝库，面对如此众多的艺术精品，不花个几年、十几年的时间来临摹和研究，是理解不透的，他下定决心，要在敦煌住一段较长的时间，对这些伟大的民族艺术传统进行一番由表及里的研究临摹。

按照国立敦煌艺术研究所的规定，临摹不能采用纸蒙在壁画上描摹的"印稿法"，必须"面壁写生"。段文杰在国立艺专就读时，接受过系统的绘画训练，面壁写生基本功没有问题，但临了一段时间后，他总觉得自己临摹的壁画"传移摹写相似，气韵生动不足"，主要原因是没有从根本上弄清楚壁画的思想内容和内在结构及造型特征，无法做到"胸中有竹，下笔有神"。段文杰便不急于落笔临摹，而是注重临摹前的研究工作，比如临摹净土变中的反弹琵琶乐舞图，就找来净土宗经典研读，仔细领悟理解画家所要表达的艺术场景，了解奏的是什么乐器、跳的是什么舞，全面摸清底细才下笔临摹；通过深入理解把握敦煌壁画的思想内容、艺术风格以及表现技法上的特色，体会古代画师构建作品时的丰富想象力和创造力。段文杰临摹的作品逐步达到有血有肉、形神兼备的境界，他临摹的《都督夫人礼佛图》是迄今为止复原临摹的巅峰之作，代表了敦煌壁画临摹的最高水平。

段文杰临摹的壁画无论数量还是质量，几乎无人超越，很快就成为敦煌壁画临摹的"领头羊"。之后来到敦煌的孙儒僩、欧阳琳、李其琼、关友惠等，出身于建筑、油画等不同专业，对敦煌艺术都不太熟悉，段文杰就自觉担当起"入门导师"，带领大家从头开始，学习描线、临摹，为大家开设免费的壁画临摹"培训班"，引导他们走进敦煌艺术殿堂。20世纪50年代，历次对外展览，段文杰都参与筹备，并组织大家完成了莫高窟第285窟、榆林窟第25窟、莫高窟第217窟等洞窟的原大整

1956 年 7 月，段文杰在榆林窟第 25 窟临摹《观无量寿经变》

窟复制临摹工作。

1958 年，敦煌文物研究所在日本举办敦煌艺术展览，日本一位中国服饰专家原田淑人看了展览后，对段文杰说："这么丰富的资料，你们为什么不研究？"这句话深深触动了段文杰，激发了他研究的决心，他从敦煌服饰入手，通读了历代《舆服志》，翻阅了近一百种资料，摘录了两千多张卡片，开始了敦煌石窟艺术研究。他从美学和美术史的角度剖析了敦煌艺术的主要成就，写出了有关敦煌石窟各时代艺术研究的诸多成果，给人们揭示出相对完整的敦煌石窟艺术发展史，为敦煌艺术研究奠定了坚实的基础。

20 世纪 50 年代末，段文杰因为在茶次开会中就研究所管理问题发表了意见，被认为是醉翁之意不在酒，宣布"犯了错误"，撤销了一切职务，取消了副研究员的待遇，被罚去做体力劳动，但还要继续承担对外展览的临摹任务，且所有的临摹作品不能署上自己的名字。段文杰仰望着洞窟中凌空飞舞的飞天伎乐，看着那些微笑的、慈爱的、愤怒的、沉思的、顿悟的各种人物塑像，心也变得沉静、开阔起来。1970 年段文杰被罚去农村劳动，离开莫高窟，当起了"猪倌"。但在田间地头、煤油灯下，他依然孜孜以求，研究思考着"宗教与宗教艺术的差别""敦煌艺术的源与流""敦煌壁画的历史价值"等问题。"文革"结束后，段文杰能很快写出一批有分量的研究论文，是与这一时期的思考研究密不可分的。

党的十一届三中全会后，党中央采取了一系列拨乱反正的措施，落实了知识分子政策。1982年，中共甘肃省委对敦煌文物研究所领导班子进行了调整，在组织的安排下，段文杰挑起了敦煌文物研究所所长的担子，承担起敦煌文物事业领头人的重任。1984年，敦煌文物研究所扩建为敦煌研究院，开始不断充实和壮大敦煌学各学科的研究力量，进一步改善保护和研究工作的基础设施和工作条件，加速营造和拓展与国内外学术界、艺术界交流与合作的环境和空间，在段文杰及全院职工的努力下，敦煌研究院开始向着开放化、国际化的方向发展，敦煌文物事业一点点、一步步持续发展壮大起来。

20世纪80年代初，敦煌研究院人才队伍青黄不接、断档严重，加上经历十年"文革"，单位内部积怨重重。当时人才输送主要依靠国家分配，因敦煌地处偏远、条件艰苦，很多人不愿意来。为了发展敦煌研究事业，段文杰一方面本着"一切从敦煌文物事业出发"的大原则，加强现有职工的团结，找职工谈话，消除隔阂，摒弃个人恩怨，提倡"如烟往事皆忘却，心底无私天地宽"，号召职工拧成一股劲，团结一气，重整旗鼓，埋头苦干；另一方面大胆决定"不拘一格降人才"，院里以刊登招聘广告的方式从全国各地征聘了一大批从事考古、文史、语言、宗教、文物保护、文化弘扬等方面研究的专业人员，他们的到来，使敦煌石窟考古、石窟艺术、文物保护等方面的研究工作得到迅速发展。虽然莫高窟艰苦单调的生活并无多大改变，但仍不断有各学科专家学者、青年学子从天南海北"自投罗网"来到大漠深处，舍小家、顾大家、弃享受、耐寂寞，刻苦钻研，在诸多领域卓有建树。

敦煌地处偏远，招揽这些人才不易，有些人来了耐不住寂寞又离开了，段文杰就采取人才引进与自主培养双管齐下的举措，他认为培养十个人，哪怕只留下一个人都算没有白努力。在敦煌研究院经费十分困难的情况下，段文杰痛下决心培养留得住、用得上、热爱敦煌文物事业的年轻人。高中毕业的送出去进修大专、大学；大专、大学毕业的鼓励攻读硕士、博士学位；缺外语人才就送出去学习外语，同时还不断选送专业人员出国深造，等等。在段文杰任期内，先后有近60人赴日本、意大利、加拿大、美国等国家学习深造，有百余人先后去高校学习取得硕士、博士学位，同时还培养出了一支具备用英、日、俄、法、德、韩等语言讲解能力的讲解员队伍。引进人才、培养人才是为了让人才充分发挥作用。在段文杰的主导下，敦煌研究院积极为年轻人的成长搭建平台、创造条件，院内营造民主、和谐的工作气氛，创建宽松的学术环境，大家真真正正安下心来搞研究、做学问，一步一个脚印把敦煌文物事业推向前进。

这一时期国际敦煌学研究方兴未艾，中国大陆却是十年空白。"敦煌在中国，敦煌学在国外"的窘境让段文杰意识到必须抓紧时间，想尽一切办法把研究搞上去。段文杰立足当时事业发展的现状乘势而上，分析我国敦煌学落后于国外的形势，集思广益，编制出 1981—1990 年的十年发展规划，部署了各项事业发展任务，充分调动了大家的研究积极性。当时在短时间内集结撰写了 10 余篇、约 26 万字的高质量论文，结集为《敦煌研究文集》。此后《敦煌莫高窟（五卷本）》《敦煌莫高窟内容总录》《敦煌莫高窟供养人题记》等系统的研究论著开始出版。在全国敦煌学界自发、自觉开展敦煌学研究的大好形势下，段文杰决定举全所之力积极组织筹备"第一次全国敦煌学学术研讨会"。 1983 年 8 月 15 日，首届"全国敦煌学术讨论会"与"中国敦煌吐鲁番学会"成立大会同期召开，季羡林、饶宗颐、姜伯勤、金维诺等学术大家和青年学者 200 多人参加会议，是中国敦煌学研究者的大集结、大动员，有力地推动了中国敦煌学者奋发有为、奋起直追，成为一个里程碑式的事件。20 世纪 80年代初，学术刊物很少，发表敦煌学论文的刊物就更少了，为了尽快地刊布敦煌学研究新成果，促进学术的交流发展，段文杰策划创办了一本专门的敦煌学研究刊物——《敦煌研究》，1983 年正式创刊，1986 年成为季刊定期发行，2002 年改为双月刊，现已成为敦煌学学术论文发表的专门阵地，成为世界敦煌学研究的必备期刊。在敦煌研究院的拼搏努力和全国敦煌学界三十多年的齐心协力下，敦煌学研究呈现出欣欣向荣的发展态势，改变了"敦煌在中国，敦煌学在国外"的局面。

沐浴着改革开放的春风，敦煌研究院的研究人员不断应邀去参加国际文化交流和学术活动，敦煌研究院的展览也大规模走出国门，到日本、法国、印度、美国等国家举办。段文杰紧紧抓住机遇，跟国际上诸多机构和学者建立起合作关系，特别是跟日本文化交流尤为密切。日本是海外敦煌学研究的主要国家，在改革开放之前，大陆敦煌学缓慢发展，而日本先后成立了"日本东洋文库敦煌文献研究会"、京都大学的"共同研究班"和龙谷大学的"西域文化研究会"等多种学术团体，进行"集团式研究"，取得了丰硕成果。利用学术文化交流的机会，段文杰访问日本东京艺术大学、东洋哲学研究所、成城大学、日本经济新闻社、东京大学、创价学会、东京文化财研究所等机构，结识了池田大作、井上靖、平山郁夫、藤枝晃、秋山光和、东山健吾等一批日本文化名流。通过他的积极努力，促使敦煌研究院与这些机构建立了良好的合作交流关系，平山郁夫等文化人士被敦煌文化艺术所感染，也被莫高窟人坚守大漠、守护瑰宝的精神所感动，从此开始想方设法支持和帮助敦煌研究院开

千年观宝守护人
——莫高窟人的奋斗历程

QianNian GuiBao
ShouHuRen
mogaokuren de fendou licheng

展文物保护、人才培养工作。

　　敦煌学的研究刻不容缓，敦煌石窟的保护也迫在眉睫。自20世纪五六十年代以来，在国家的支持下，敦煌研究院积极开展莫高窟风沙治理、崖体加固、洞窟抢修等工作，但莫高窟精美的彩塑和壁画是由泥土、麦草等十分脆弱的材料制作而成的，千百年来受自然和人为因素的影响，一些洞窟坍塌，窟内壁画和彩塑不同程度发生空鼓、脱落、酥碱、起甲等多种病害，并随时间推移逐渐发生褪变。濒危文物亟须保护抢救，但当时这些方面还没有好的技术和方法。20世纪80年代初，段文杰安排孙儒僩、段修业等专家组成文物考察团赴日本学习考察。日本对古代壁画、彩塑和纸本文物采用科技手段进行保护的做法给了考察团深刻启发，考察回来后，敦煌研究院探索与中国化工部兰州涂料研究所、兰州化学工业公司、中国科学院寒旱所等机构开展合作，启动"莫高窟大气环境质量与壁画保护""莫高窟壁画颜料变色原因探讨"的研究，初步找到壁画病害的相关原因和机理。到了20世纪90年代，敦煌研究院开始与美国盖蒂保护研究所、日本东京文化财研究所、大阪大学等机构合作，攻克莫高窟文物保护的一项项难题，通过反复试验，自主研制出了修复壁画的材料，形成专业技术，有效抢救和保护了患酥碱、起甲等病害的濒危壁画，在风沙治理、崖体加固、环境监测治理方面也取得了阶段性成果，先于很多文化遗产地，在科学保护的道路上迈出了坚实的步伐。

正是在段文杰的带领下，在他的爱才、惜才思想指导下，地处西北一隅沙漠腹地的敦煌研究院建立起了一支为国际敦煌学界瞩目、非常过硬的学术团队，这支团队传承了老一代莫高窟人的坚毅精神和坚定信念，他们不畏艰辛、迎难而上，他们甘于奉献、无怨无悔，他们潜心治学、孜孜大漠，推动敦煌研究院的保护研究弘扬事业得到长足发展。

三、开拓进取——樊锦诗

1998 年，组织任命樊锦诗接任敦煌研究院院长，年近花甲的樊锦诗正式挑起了带领敦煌文物事业薪火相传、持续发展的重任。

樊锦诗祖籍杭州，生于北京，长于上海。1958 年，樊锦诗高中毕业后考入了北京大学历史系考古专业。20 世纪五六十年代，北京大学是全国唯一设有考古学专业的学校，授课老师云集了当时国内顶尖的历史学、考古学的大家，如阎文儒、周一良、张政烺、田余庆、张广达、苏秉琦、宿白、吕遵谔、严文明等，他们都是为新中国考古工作的开启和考古学学科的建设作出过重大贡献的开拓者。在这样"群星璀璨"的历史系学习，培养了她对历史、对文物、对中华文化的浓厚兴

敦煌研究院院长　樊锦诗

趣，积淀了扎实的考古学研究专业功底。

1962 年是樊锦诗大学生活的最后一年，按照北大历史系考古专业的教学安排，学生要在这一年参加毕业实习，实习地点可选择洛阳、山西和敦煌等地的若干文化遗产地。樊锦诗和系里几位同学有幸跟随老师宿白一起到敦煌实习，这次实习使樊锦诗与敦煌结下了一生的缘分。

1962 年也是敦煌历史上的一个重要时刻，这一年周恩来总理批准拨款启动敦煌莫高窟南区危崖加固工程。为配合大规模的加固工程，需要进行考古遗迹的发掘清理。可当时的敦煌文物研究所没有一位专业的考古人员，常书鸿就向当时在敦煌考察的宿白求助，希望能将他带来的 4 名在莫高窟实习的大学生留下来，并邀请他就地办班、登台讲学，当时全所各类业务人员都到场听课。宿白以敦煌千年历史和石窟考古为主题，讲了 7 个子题，作了 11 次演讲，这就是敦煌学界几乎人尽皆知的《敦煌七讲》。宿白的讲座振聋发聩，成为敦煌石窟考古的启蒙教学，奠定了敦煌石窟考古的基础。毕业分配时，根据常书鸿的请求，在宿白的推荐下，樊锦诗、马世长被分配到敦煌文物研究所工作。

樊锦诗自幼身体不好，在敦煌实习时就因严重水土不服而提前离开，要在敦煌长期扎根工作，能否承受那份艰苦，她自己也犹豫。父亲听到她被分配到敦煌工作的消息后，给她写了一封长长的信，里面还有一封托她转交给校领导的信，希望学校考虑樊锦诗的身体状况重新分配。虽然父亲的苦心和自己的身体状况让樊锦诗踌躇，但思忖良久，她还是决定拦下这封信。樊锦诗和同学们的毕业典礼是在人民大会堂举行的，周恩来总理亲自到现场给她们作毕业讲话，号召大学生"要不负人民的重托，到基层去，到一线去，到祖国最需要的地方去"。樊锦诗觉得自己在毕业时庄严承诺要服从分配，现在没有反悔的道理，便毅然决然奔赴敦煌。

　　离开学校时，考古学界的泰斗、新中国考古学的奠基人苏秉琦专门找樊锦诗谈话，殷殷叮嘱她："去敦煌，将来要编写敦煌石窟考古报告，这是很重要的事情。比如你研究历史，人家会问你有没有看过《史记》《汉书》，考古报告就像二十四史一样，非常重要。"肩负使命和嘱托，樊锦诗一来到敦煌，便投入敦煌石窟考古工作，与美术组的关友惠、刘玉权和同来的马世长组成了考古组，他们共同合作、探讨，运用考古学的方法和理论，在对石窟进行周密调查的基础上，进行类型分析和分期排年的研究，短短几年时间，便积累了大量的调查资料，开始有计划地撰写考古报告。但是，很快"文化大革命"开始，一切业务工作受到了冲击，所有的工作被迫放下，樊锦诗钟爱的石

窟考古业务也陷入停滞。"文革"结束后，敦煌文物研究所的工作重心转到了以研究为中心，樊锦诗与马世长、关友惠、刘玉权等专家合作撰写的《敦煌莫高窟北朝石窟的分期》《莫高窟隋代石窟分期》等研究成果很快发表出来，成为敦煌石窟考古研究的开拓性、代表性成果，被国内外学者广泛征引。

樊锦诗在北大上学时结识了彭金章，他们从同窗好友到相知恋人，大学毕业时，彭金章被分配到了武汉大学，一南一北，鸿雁传书。樊锦诗想着自己在敦煌待两年就去武汉和彭金章会合，但很快"文革"开始，北京大学原来派她到敦煌工作几年后再派人换她的计划落空了。1967年，樊锦诗与彭金章结婚，夫妻分居，两人开始了牛郎织女的生活。在那个动乱的年代，她与一大批专家一样要下地劳动，临产前三天还在地里摘棉花，孤身一人在敦煌生下了大儿子。在莫高窟艰苦的条件下，短暂地带了一段时间后，不得不忍痛让丈夫把年幼的孩子接走。五年后又有了第二个孩子，两个孩子先后或在武汉由彭金章抚养，或在双方的老家河北和上海由亲戚抚养。就这样，一家人分散在敦煌、河北、武汉、上海好几个地方。1986年，她与丈夫已分居19年，一家人身处几地的境况不能再拖着不解决了，作为一位妻子、一位母亲，她没有理由不回到丈夫和孩子身边。可是，在敦煌待了这么久，樊锦诗对莫高窟有了一种难以割舍的情感，在莫高窟熬过了最艰难的岁月，没理由在可以做事的时候反而离开……爱人彭金章看出了樊锦诗对敦煌的热爱和不舍，主动提出来："既然你不过来，那就我过去吧。"就这样，彭金章舍弃了工作20多年的武汉大学以及他一手创办的商周考古专业，来到了西北大漠的敦煌研究院工作。爱人的到来、家庭的团聚，给了樊锦诗莫大的支持，她更加坚定地全身心投入敦煌文物事业中。

1998年，樊锦诗从段文杰手中接过重担，成为敦煌研究院第三任院长。在国家政策的支持下，随着敦煌文物事业的不断拓展，一大批化学、物理、考古、敦煌文献、资源环境、土木、计算机、摄影等各专业高校毕业生主动加入敦煌文物事业的发展中来，为敦煌文物事业的发展注入了新鲜的血液和力量，各方面事业都得到长足的提升。

这一时期，樊锦诗领导敦煌研究院与国内外高端科研机构和大专院校继续开展合作，全方位探索莫高窟的科学保护管理工作，敦煌研究院与美国盖蒂保护研究所、日本东京文化财研究所等持续合作开展文物保护研究，在莫高窟的环境监测、风沙治理、壁画和彩塑颜色监测、石窟崖壁裂隙位移的观测、薄顶洞窟加固、莫高窟第85窟壁画保护、莫高窟保护总体规划编制、游客承载量、莫高窟遗产地管理和人才培养等方面展开多

千年瑰宝守护人
——莫高窟人的奋斗历程

QianNian GuiBao
ShouHuRen
mogaokuren de fendou licheng

层次、多方位的深度合作；与国内外数十家文物保护相关机构、科研单位、高校等建立起合作关系，这些合作的成功，促使敦煌研究院以更大的步伐迈上国际合作道路。通过合作攻关建立起了科学的文物保护管理体系，形成了一整套的文物保护技术、理念和方法，一整套壁画与土遗址科学保护的程序和规范，促使莫高窟的保护逐渐与国际接轨，逐步迈入了从抢救性保护到科学保护、预防性保护的新阶段。最重要的是，通过国内外合作开阔了视野和思路，引进了先进的理念和技术，培养和组建了一支高素质、多学科的文物保护专业团队，迅速提升了文物保护的科技水平和能力，提升了我国古代壁画和土遗址保护技术水平，推动了整个文化遗产保护行业的科学化、规范化进程，还为全国多地乃至丝绸之路沿线国家的文物保护提供了支持、贡献了力量。

20世纪80年代初，樊锦诗任副院长时分管业务工作，在完善莫高窟"四有"科学记录档案、负责撰写莫高窟申报世界文化遗产地材料的过程中，她查阅了大量国内外文化遗产保护的法律、法规。为有效保护莫高窟，在她的不懈努力和积极推动下，敦煌研究院在全国率先开展文物保护专项法规和保护规划建设，促成了《甘肃敦煌莫高窟保护条例》的颁布和《敦煌莫高窟保护管理总体规划（2006—2025）》的编制，使莫高窟的保护、研究、弘扬和管理纳入法制化、规范化的轨道，为敦煌研究院明确了发展方向、提供了科学指导。

因为要做档案，必然要查阅过去的老资料，当比对1908年伯希和拍摄的《敦煌石窟图录》中的老照片时，樊锦诗吃惊不小，现在看到的彩塑和壁画，或退化，或模糊，或丢失。壁画在慢慢变坏，怎么办！要眼睁睁看着壁画逐渐消亡吗？有什么办法能长久留住这样绚丽的色彩？这个问题像紧箍咒一样萦绕在樊锦诗脑际。

20世纪80年代末，樊锦诗第一次接触到电脑，有人用电脑给她展示图片，并告诉她"图片转化成了数字图像，就可以永久保存"，樊锦诗如获至宝！那个年代，电脑还不像今天这样普及，当时樊锦诗虽然不完全掌握电脑的使用方法，但她敏锐地洞察到了这种科技手段是永久保存敦煌石窟文物资源的有效方式，她非常有前瞻性地提出要做敦煌数字档案。随后，敦煌研究院先后与美国梅隆基金会、美国芝加哥西北大学、浙江大学、武汉大学等合作研发数字采集的方法技术，探索彩塑三维数字化技术、3D彩塑打印技术、VR虚拟漫游技术等，目前已建立起了一支专业化的数字化工作团队，正在探索推动"数字敦煌"向着人工智能化阶段迈进。"数字敦煌"不仅是科学、完整、系统的敦煌石窟档案记录，而且在科学保护、学术研究、展示弘

20世纪90年代，樊锦诗与美国盖蒂保护研究所首席专家
阿根组在莫高窟第85窟保护工作现场

扬、文化传播等方面发挥了不可替代的作用。

文物保护和旅游开发的矛盾一直困扰着莫高窟人。樊锦诗上任不久就遇到了一件棘手的事情：1998年前后，全国掀起"打造跨地区旅游上市公司"热潮，有关部门要将莫高窟捆绑上市，这让樊锦诗心急如焚、如坐针毡。她深知，莫高窟是具有特殊价值的人类文化遗产，捆绑上市就是要把莫高窟交给企业，拿珍贵的文化遗产和文物去做买卖，成为企业赚钱的工具，无节制安排游客参观，一味赚取短期利益，会给莫高窟带来无法挽回的恶果，那将是中国文保事业的一个大悲剧。她决心，无论付出多大代价，都要阻止这种事情发生。《中华人民共和国文物保护法》明文规定，文化遗址要有保护机构，敦煌研究院是国家设立的保护管理敦煌莫高窟的唯一合法机构，擅自改变其管理机构，就是违法。她手持《中华人民共和国文物保护法》多方奔走，最终使得捆绑上市的悲剧没有在莫高窟发生。

2014年，许多省市相继提出"大景区"概念，纷纷成立"管委会"，并赋予"管委会"统一管理包括世界文化遗产和周边各个景区旅游活动的巨大权力。有一家单位受委托冒用北京大学的名义编制了《敦煌莫高窟——月牙泉大景区建设规划》，按照《规划》设计，要把莫高窟交给地方政府管理，再交给旅游部门和企业开发。当年年底《甘肃日报》刊登了《甘肃丝绸之路经济带建设大景区总体规划纲要》，其中就有"敦煌莫高窟——月牙泉景区"。樊锦诗获悉这些情况后既生气又着急，向有关部门和领导反映情况、据理力争。这一行为激怒了一些利益相关者，说她不识时务、不识大体，只考虑保护，不考虑地方发展……面对敦煌旅游的过度开发热潮，樊锦诗感到特别忧心焦虑，全世界再没有第二个莫高窟了，那些企业开发，不知道会把莫高窟破坏成什么样，樊锦诗下定决心，决不能把莫高窟随便交给他人管理。为了不牵连研究院其他人，她决定以个人的名义给省上领导写信，提出在旅游发展中应保护莫高窟的意见。恰巧，国务院参事室和中央文史研究馆的一些参事和馆员正在做一个文化遗产的调查项目，莫高窟是调研对象之一，他们在网上获悉了莫高窟将被纳入大景区管理的消息后，来到敦煌研究院现场听取干部职工的意见，形成一份调研报告，引起国务院领导的重视，作出莫高窟管理权属于敦煌研究院的重要批示，保住了莫高窟的管理体制。

莫高窟作为举世瞩目的世界文化遗产，慕名到访的游客不断增多是时代发展的大趋势。大量游客的涌入，会对石窟文物造成安全隐患，但不能为了保护不让观众来莫高窟，如何既保护好洞窟又保证观众看好，实现保护与利用的平衡发展，是横亘在樊锦诗心中的一个大问题。"数字敦煌"的多年实践给了樊锦诗启示，一个更宏伟的计划在她脑海中产生。2003 年 3 月政协第十届全国委员会第一次会议上，樊锦诗联合其他 24 位全国政协委员提交了《建设敦煌莫高窟游客服务中心的建议》的提案，提案建议建设数字化保护利用功能的基础设施，采用数字展示技术，把窟内精美的敦煌艺术移到窟外看，这样既可提升游客的参观体验，又相对减少游客在洞窟中逗留的时间，减轻了洞窟的压力，达到既保护洞窟，又让观众看好的目的。2007 年 12 月 4 日，"建设敦煌莫高窟游客服务中心（后更名为莫高窟数字展示中心）"项目正式获得国家发改委批准立项。经过数年的论证、建设和数字节目制作，2014 年 9 月，莫高窟数字展示中心开始投入运营。莫高窟数字展示中心的建成启用，带来了莫高窟参观模式的变革，由过去用两个小时只看莫高窟洞窟的单一参观模式，改变为"总量控制、网上预约、数字展示、实地看窟"的旅游参观新模式，实现了文物保护与开放利用双赢的目标。

虽然工作一直非常繁忙，特别是担任院长后更多的行政工作压在樊锦诗瘦弱的肩上，但她仍笔耕不辍，先后出版了《敦煌石窟》《敦煌石窟全集·佛传故事画卷》《中国壁画全集·敦煌·3·北周卷》《安西榆林窟》《敦煌石窟全集》第一卷；发表了《莫高窟壁画艺术·北凉》《莫高窟中唐洞窟分期》《从莫高窟历史遗迹探讨莫高窟崖体的稳定性》《玄奘译经和敦煌壁画》《P.3317 号敦煌文书及其与莫高窟第 61 窟佛传故事画关系之研

2014 年，莫高窟数字展示中心启用后，游客在观看
国内首部人文历史题材的球幕电影《梦幻佛宫》

究》等 20 多篇有关石窟考古与艺术的论文，对敦煌石窟的分期断代研究颇有建树，在国内外产生了一定的影响；樊锦诗协助段文杰主编《中国美术分类全集·中国壁画全集》《敦煌石窟全集（26 卷）》《解读敦煌（13 册）》，均为敦煌石窟艺术研究必备的重要大型参考丛书；她主持完成了《莫高窟崖顶风沙危害的研究》《敦煌莫高窟环境演化与石窟保护研究》《濒危珍贵文物信息的计算机存贮与再现系统》《全数字摄影测量在莫高窟文物保护中的应用研究》等多项运用现代科学技术保护文物的项目；还发表了《敦煌莫高窟及其保护、研究工作》《敦煌莫高窟开放的对策》《敦煌莫高窟的保护与管理》《敦煌莫高窟保护与管理总体规划的制定与收获》《建设世界一流的遗址博物馆》《数字化时代的敦煌——探索保存和利用敦煌文化遗产的新途径》《敦煌莫高窟旅游开放的效益、挑战与对策》《敦煌石窟保护与展示工作中的数字技术应用》《坚持莫高窟文物管理体制不动摇》等 40 多篇探索文化遗产地科学保护和管理的论文。

特别要提到的是，樊锦诗始终铭记着北大老师宿白、苏秉琦的嘱托，坚持不懈地探索编撰科学的石窟考古报告。她带领考古团队历经 11 年辛勤工作，打破过去仅限于文字、绘图和摄影结合的方法手段，综合采用考古、历史、美术史、佛教史、测量学、计算机科学、摄影、化学、物理学、信息科学等文理学科相结合的方法手段，编撰了《敦煌石窟全集》第一卷《莫高窟第 266—275 窟考古报告》，于 2011 年出版。这本考古报告既是全面、科学、系统的档案资料，也是莫高窟永久保存、研究利用的基础数据，为其他石窟考古报告的撰写提供了范例。该成果得到了国内外知名学者的高度评价，先后获甘肃省哲学社会科学优秀成果奖一等奖（2007）、我国人文社会科学领域最高奖——第七届吴玉章人文社会科学奖（2017）、法兰西科学院第二届"汪德迈中国学（终身成就）奖"（2020），国学大师饶宗颐先生评价为"既真且确，精致绝伦，敦煌学又进一境，佩服之至"。

新时代赋予新使命，新任务开启新征程，新担当成就新作为。以樊锦诗为代表的莫高窟人在新的形势下，与时俱进，开拓进取，经过不懈的努力，使得敦煌研究院成为名副其实的敦煌学专业研究机构和最大的实体单位，壁画、土遗址和数字化文物保护技术在全国领先，莫高窟旅游开放与管理工作，被联合国教科文组织世界遗产委员会评选为世界文化遗产旅游管理的最佳案例。

敦煌研究院今天的成绩是以常书鸿、段文杰、樊锦诗为代表的几代莫高窟人共同开创的。他们凭借着对敦煌的深爱，抱着一定要把敦煌文物事业搞上去的执着信念，不断把事业往前推进。他们以坚韧的毅力，与时俱进，开拓创新，用智慧和生命积淀凝练了一种代代相传的可贵精神。为了弘扬这种精神，从 1994 年起，敦煌研究院便有意识地对这种精神的命名和表述进行总结。这期间经历了一个不断提炼完善的过程，集中表现在 1994 年以后敦煌研究院每逢 10 周年院庆或重大纪念活动时的方案、讲话稿、新闻报道等文献材料中，曾先后有施萍婷、常沙娜提出的"莫高窟精神"，柴剑虹提出的"常书鸿精神"等不同的命名。1994 年"敦煌研究院建院 50 周年纪念大会"上，甘肃省委书记阎海旺、国家文物局副局长马自树的讲话中将这种精神内涵概括为"艰苦创业和无私奉献"；2004 年，在"敦煌研究院成立 60 周年暨常书鸿先生 100 周年诞辰纪念活动"开幕式上，甘肃省副省长李膺、国家文物局副局长童明康在讲话中将之概括为"艰苦奋斗、无私奉献、开拓创新"；2007 年，在"段文杰先生从事敦煌文物和艺术保护研究终身成就奖颁奖大会"上，国家文物局副局长童明康在讲话中将之概括为"艰苦奋斗、无私奉献、勇于进取"；到 2014 年，敦煌研究院院长樊锦诗在"敦煌研究院成立 70 周年座谈会"上的讲话中明确命名为"莫高精神"，并将其内涵明确概括为"坚守大漠，甘于奉献，勇于担当，开拓进取"。樊锦诗希望这 16 个字代表的"莫高精神"成为莫高窟人薪火相传的力量源泉，能够激励一代又一代莫高窟人继往开来，砥砺前行，将前辈开创的敦煌文物事业持续发扬光大。

四、守正创新——新时代的莫高窟人

"莫高精神"于2014年在敦煌研究院70周年座谈会上正式提出后，得到了国家文物局、甘肃省委、省政府的充分肯定，也得到了全院干部职工的高度认同，作为一种优秀的组织文化，"莫高精神"是几代莫高窟人在七十多年的艰难实践中共同创造的，近些年来又由王旭东、赵声良带领的新时期莫高窟人在新的实践中传承、丰富和发展。

2015年，王旭东接过敦煌文物事业领头人的接力棒，成为敦煌研究院第四任院长。王旭东出生在甘肃山丹一个小山村，山里饮水困难，儿时看到水利技术人员把水从很远的地方引到山村，让他觉得很神奇，从小便梦想成为一名水利工程师。考大学时，他所有填报专业都和水利工程相关。1990年在兰州大学工程地质专业毕业后，他如愿到甘肃张掖的一个水利勘察设计队工作，他从未想过自己既定的人生道路，会因敦煌而彻底转轨。

1991年，敦煌研究院与美国盖蒂保护研究所开始合作，合作项目急需水文地质与工程地质相关专业的研究人员，时任敦煌研究院副院长樊锦诗、敦煌研究院保护研究所所长李最雄，向兰州大学提出推荐毕业生的请求。王旭东的老师张明泉向敦煌研究院推荐了他，李最雄打电话给王旭东请他来敦煌一见。王旭东被李最雄的翩翩学者风度和渴求人才的赤忱之心感动，他打算去敦煌看一看。

王旭东清晰记得，初到敦煌的时候是正月十七，冬日的莫高窟纯净静谧，这份安静不由让他"一见钟情"。他是学理工出身，之前对历史、艺术并没有什么兴趣，第一次进入洞窟也没有感受到像艺术家、考古学家那样的震撼和兴奋，但看到莫高窟崖面上的裂缝，壁画地仗层酥碱，壁画起甲、疱疹等病害，还是不由地痛心，他觉得自己的专业所学可以为解决这些问题发挥作用，决定先留下来工作一段时间再说。当时在整个文物系统像他这个专业出身的人寥寥无几，真正接触到文物修复时，确实不知从何下手。但幸运的是，王旭东可以直接跟随国内文物保护开拓者黄克忠，跟随国家第一位文物保护博士李最雄，跟随盖蒂保护研究所首席专家阿根纽学习，在他们的带领下，王旭东一点点学习文物保护知识。王旭东的专业是和岩土打交

王旭东

道，他关注到莫高窟岩体里面的水盐运移与崖体稳定性和壁画病害有密切关系，比如洞窟崖体中的湿度过大，壁画中的盐分会溶解，湿度下降后，盐分又结晶，如此反复就会破坏壁画结构，导致病害，这就需要研究到底在什么临界点壁画会发生病害，如何让洞窟保持在一个相对稳定的环境中等一系列问题。

美国盖蒂保护研究所的专家每年春秋会来敦煌工作两次，每次都要召开若干次工作交流会。有一次工作会议上，阿根纽饱含深情地说："我们总有一天要离开莫高窟，但你们将会一直留在这里。莫高窟的保护主要靠你们。所以，你们一定要亲自干，认真做好合作项目确定的每一项工作，直到有一天你们自己能独立承担起所有工作。"这番话深深地触动了王旭东，他从内心深处清醒地意识到，莫高窟的保护不可能长久依赖外界任何人，必须要靠自己！

也是从那时起，原本只想"看一看、留一段"再说的王旭东全身心投入敦煌石窟文物保护事业中。在与阿根纽和盖蒂团队的共事中，他和同仁们如饥似渴地学习、钻研，攻关莫高窟保护中遇到的各种难题，希望如阿根纽所期望的那样，有朝一日能独立地承担起莫高窟的保护重任。从莫高窟环境监测到窟顶风沙防治，从崖体稳定性到薄顶洞窟的加固方法研究，从壁画现状调查评估到病害壁画修复研究，从《莫高窟保护总体规划》的编制到莫高窟游客承载量的研究……不知不觉王旭东已在大漠深处工作二十多年，在他和长期致力于敦煌文物保护一线的专家团队数十年的潜心研究下，敦煌石窟保护中的诸多难题逐步被破解，一整套科学有效的保护管理体系在敦煌石窟建立起来，一支专业化的文物保护工作队伍成长起来，王旭东也逐渐成为文物科技保护领域的资深学者和领航专家，成为中国的"阿根纽"。

长期从事文物保护工作，他深深感受到文物生命如人，文物保护者就像文物医生，保护不仅仅要"救死扶伤"，还要"防患于未然"。他带领团队寻求可有效预防、最小干预文物本体的保护方法，基于让敦煌石窟长久保存的长远思考，王旭东率先提出"预防性保护"的理念，首次引入风险管理理论并在莫高窟开展研究与应用，建立了基于风险管理理论模式，成功研发出了我国首个基于风险理论的石窟监测预警体系，现已应用于我国 7 处世界遗产点的监测预警的构建，开启了基于风险理论的文化遗产预防性保护管理新模式。在他的主导下，敦煌研究院自主研发建设的国内首个多场耦合实验室投入运营，这是文物保护领域第一个模拟自然环境的全仿真大型试验场，可实现在最小干预文物本体的情况下，研究土遗址劣化、危岩风化和壁画盐害机理研究，大幅提升保护科研水平。

王旭东是敦煌石窟文物科技保护的艰辛探路者之一。他觉得很幸运直接参与攻克莫高窟文物保护诸多难题，主持诸多国际合作项目。长期的工作实践培养了他开阔的科研视野，他看到，敦煌的文物科技保护实践走在很多遗产地的前列，敦煌的研究成果和成熟的理念、技术不仅仅可为保护莫高窟文物发挥作用，还可以推广应用到全国更多遗产地，为抢救更多文物发挥作用。2009年，他主导在极为艰苦的西部边陲敦煌组建了"国家古代壁画和土遗址保护工程技术研究中心"，成为文物领域第一个，也是迄今为止唯一一个国家级的工程中心，截至目前，中心已经在十几个省建立了技术推广工作站，为全国诸多文物保护发挥着重要作用。

　　既面向国内，也要走向国际。王旭东和李最雄、钱七虎院士等学者努力申请国际岩石力学与岩石工程古遗址保护专业委员会成立，国际岩石力学会是世界岩石力学工程顶尖学术机构，岩石工程古遗址保护专业委员会为中国文物科技保护走向国际提供了平台，王旭东长期担任该委员会主席，带领团队在更广阔的国际平台分享、交流中国文物保护的理念、方法、技术，为国际文物保护科技发展贡献中国智慧、中国方案。敦煌石窟的保护从依靠国际合作到逐步与国际接轨，现在开始向共建"一带一路"国家输出，王旭东在其中作出了重要的贡献。

　　王旭东是迎着改革开放春风成长起来的新一代莫高窟人，没有经历像前三任院长那样的时代坎坷。上任之初有记者采访

他："新官上任三把火，你有哪三把火？"王旭东坦言："我一把火都没有，我要做的就是沿着前辈开创的道路把敦煌文物事业推进向前。"虽然到敦煌使他放弃了曾经的梦想，但他一直心怀感恩，因为莫高前辈的关心、培养造就了今天的他，所以他当院长之后秉持研究院的优秀传统，践行延续"莫高精神"，关心、鼓励、重视职工特别是年轻人的成长，以足够的信任赋予年轻人重任，激发大家的主观能动性和自主创造性，鼓励大家放开手脚，大胆尝试。

王旭东想方设法把学者送出院外或国外培养，让学者们开阔视野，深造提升。他上任之初，就提出"开门办院"的理念，在他的主导下，敦煌研究院与世界更多文化机构、高校、科研单位建立起合作关系，他紧紧抓住国家"一带一路"建设机遇，推动敦煌学研究、敦煌文物保护技术理念和敦煌文化弘扬走向"一带一路"沿线诸多国家。理工科出身的王旭东，对科技发展有着高度敏感性，看到数字时代的无限发展前景，王旭东适时推动"数字敦煌"面向全球上线，使世界各地公众可以足不出户在线上感受敦煌艺术。他主导敦煌研究院跟腾讯、华为、小米等科技公司合作，推出多样化、多元化的敦煌文化创意体验、创意产品等，让敦煌文化滋养社会，满足人民群众日益增长的对美好生活的需求。

王旭东还积极酝酿建设文博领域第一个文理交叉、多学科的"国家研究中心"，搭建国家级的研究平台，促进敦煌研究"引进来""走出去"……诸多的想法还未一一实现，王旭东就被调任故宫博物院院长，他怀着深深的依恋和不舍离开了他挚爱的敦煌。

2019年，王旭东调任故宫博物院后，赵声良挑起敦煌研究院院长的重担。赵声良是"自投罗网"来到敦煌的，他在学校时看了很多关于敦煌的书，很喜欢敦煌壁画，敦煌研究院前辈坚守大漠、薪火相传守护敦煌的故事让他深受感动。1983年，他在北京师范大学中文系读大三，那年正好《中国青年报》上刊登了段文杰所长与记者的访谈，说敦煌缺乏年轻人才，赵声良就想：不知道我可不可以到敦煌工作？他试着给段文杰写了一封信，没过多久就收到段文杰热情洋溢的亲笔回信，信中说："我们这儿缺人才，大学生来当然欢迎！"赵声良是云南昭通人，自幼喜爱艺术，迫于家人的压力，上大学时没能报考艺术专业，他只好报考了跟艺术有密切关系的文学专业。这一次家人听说他毕业要去离家万里、大漠戈壁的敦煌工作，极力反对，但他铁了心要去敦煌。到了敦煌，才体会到家人为什么阻拦，当时敦煌文物研究所的职工住的还是莫高窟前清朝末年间修建的叫中寺的寺庙，土房子、土墙、土地、土壁橱，屋顶是纸糊的天

赵声良

花板，晚上睡觉会有老鼠掉下来，尤其冬天，房间里没有暖气设备，必须自己生火炉，南方来的他不怎么会生火，常常半夜火灭了，就把所有衣服穿上裹实棉被睡觉，早上起来鼻孔旁都是冰碴子。

当时刚刚成立了《敦煌研究》编辑部，因为他是中文专业毕业，就被分配到编辑部工作。编辑部建立之初，大家都不是专业编辑，对编辑业务不懂，就是靠一本破旧的《编辑手册》从头学习。为了把这本刊物办成一流的敦煌学专业杂志，段文杰还曾与文物出版社的资深编辑黄文昆商量，选派赵声良和其他编辑人员到文物出版社、中华书局进修学习过。那时候，没有电脑，敦煌也没有印刷厂，论文原稿基本都是手写稿，送到印刷厂要一个字一个字排版，编辑单位在甘肃最西端的敦煌，印刷厂在甘肃东部的天水，两地相距 1500 公里，出一期杂志，需要编辑背着稿件，到印刷厂校对、排版、印刷，交通工具是汽车加火车，而且不一定天天有，经常前后一折腾就是十天半个月。30 年间，赵声良见证了《敦煌研究》从铅字印刷、照相制版印刷到今天的电脑排版印刷，在编辑人员的共同努力下，这本杂志成为敦煌学界影响力最高的期刊，成为所有敦煌学者的案头必备，进入"中国期刊方阵"，获得了国内期刊的最高奖"中国期刊奖"，并在国际学术界享有盛誉，国内外学者皆以在《敦煌研究》上发表论文为荣。

最让赵声良深深沉迷的还是敦煌艺术。他以前学过国画，知道中国画用色单调，造型也以静态为主，而敦煌壁画那种富有异国情调的人物，充满动感的形态，强烈而丰富的色彩，与过去认识的中国画完全不同，那么敦煌壁画算不算中国画呢？中国传统绘画，存世名品主要是以明清两朝的作品居多，更早的就凤毛麟角，特别是唐及唐以前的存世绘画几乎看不到真迹，传统美术史研究都是以历代名家作品为中心来讲。而敦煌石窟经历 1000 多年的发展历史，保存各时期作品的真实性不容置疑，作品相对完整且具有时代连续性和系统性，在美术史上的地位不可估量，但以往读到的《中国美术史》之类著作中没有讲过敦煌艺术的重要性。于是，原本打算到敦煌研究文学的他转而研究美术史，并在段文杰的指导下，陆陆续续写了一些美术方面的论文，自此数十年致力于美术史研究。

1996 年，敦煌研究院选派赵声良去日本学习，他暗下决心，要学习日本的美术史研究方法，将来解决敦煌的问题。在日本两年公派期满之后，他又自费在日本成城大学继续深造，师从美术史专家东山健吾、佐野绿等，还系统学习西方美术史、日本美术史等，深入学习了解日本在美术史学方面的研究方法，先后取得了硕士和博士学位。从日本取得博士学位回国时，正是国内大学普遍开设美术史学科的时期，一些大学高薪聘请他去工作，但他深知敦煌美术史研究更需要他，他出国的理想就是要利用自己所掌握的专业知识来进行敦煌石窟美术史的研究，于是他放弃了更优越的条件，毅然决然回到敦煌研究院，全身心投入敦煌美术与艺术的研究，完成了《敦煌石窟美术史》，写出了《敦煌石窟艺术简史》《敦煌艺术十讲》《飞天艺术——从印度到中国》等著作，编写了《莫高窟》《灿烂佛宫》《飞天史话》等各类介绍敦煌石窟的通俗读物，面向社会不同层面的读者普及敦煌文化艺术。

赵声良刚上任不久，习近平总书记就来到敦煌研究院考察，并与敦煌研究院干部职工亲切座谈。座谈会上，习近平总书记高度肯定敦煌研究院的工作，高度肯定"莫高精神"，并对敦煌研究院的工作作出了重要指示。习近平总书记的殷殷嘱托让新上任的赵声良深感肩头责任重大，深感敦煌文物事业任重道远。虽然挑战巨大，但也倍感底气满满，这份底气，来自敦煌艺术"仰之弥高、钻之弥深"的博大精深，来自几代莫高窟人的努力和拼搏。作为敦煌研究院自己培养的学术专家，作为敦煌文物事业变革发展的亲历者、见证者、参与者，赵声良深深感知，未来敦煌文物事业的发展必须要继续传承和发扬前辈们积淀、形成的"莫高精神"。他在各种场合给院内外的社会各界人士讲述敦煌艺术的风采和魅力，讲述莫高窟人的故事和精神，希望同仁特别是年轻人，能够不忘初心，能够在前辈精神的感召下，在敦煌安下心来、扎下根来，做新时代的莫高窟人，踏踏实实、一步一个脚印让敦煌文物事业向前迈进，也希望能感召社会各界更多人关注敦煌，支持敦煌文物事业发展。

2021 年，组织任命苏伯民担任敦煌研究院第六任院长。苏伯民与文化遗产事业的结缘，是以科研的不断发展为桥梁的。大学学化学专业的他，毕业后进入了甘肃省地矿局中心实验室做岩矿分析。一次偶然的机会，同事向他介绍敦煌研究院，说那里有国际合作项目。在 20 世纪 90 年代初的中国西北，这种机会还比较少。就这样，怀着对科研的憧憬，苏伯民来到敦煌。在随后的时间里，苏伯民攻读了文物保护方向的硕士和博士。在两个专业领域知识的交融支撑下，敦煌为他开启了一个全新的世界，也赋予了他一个与绝大多数人都不一样的人生。在探索保护敦煌的过程中，他逐步意识到自己的使命就是挽救这些古老的遗存，用所学专业让已患病害的瑰宝重放光彩。

在敦煌工作 20 多年来，苏伯民一直从事壁画制作材料和工艺、壁画保护材料筛选、文物出土现场保护移动实验室成套技术、文化遗产预防性保护体系建设等研究，主持完成国家级研究课题 7 项，省部级课题 10 余项，莫高窟 10 余个洞窟的壁

苏伯民

画修复方案设计和施工，山西永乐宫、河北隆兴寺、内蒙古大昭寺等 20 余项全国重点文物保护单位文物保护方案的设计与实施。

履新后的苏伯民带领莫高窟人继续秉持"莫高精神"，始终推进用科技守护敦煌的工作，把握时代机遇，凝心聚力于敦煌与丝绸之路大数据中心、文化遗产领域的石窟寺与土遗址保护国家重点实验室建设，通过虚拟与现实相结合的技术创新敦煌文化弘扬模式，利用数字化、信息化手段实现流失海外敦煌文物的数字化复原等等，让更多新时代的莫高窟人在敦煌安下心来、扎下根来，为把敦煌研究院建设成世界文化遗产保护的典范和敦煌学研究的高地而持续努力。

在"莫高精神"形成和发展的每一个阶段，都离不开各级党组织的战斗堡垒作用和党员的先锋模范作用。1950 年敦煌文物研究所有了第一个党员黄文馥，1958 年成立了党支部，张力冲为首任党支部书记，那一时期党员干部和大家一起坚守在莫高窟，齐心协力，艰苦奋斗，为催生"莫高精神"的孕育和生发起到了"星星之火"的作用。

在此后的 60 多年间，随着党员人数不断增加、党组织力量不断壮大，党的引领作用日益增强，历任敦煌研究院党支部、党委领导李承仙、赵凤林、钟圣祖、刘镌、孟繁新、纪新民、王旭东、李金寿、马世林、廖士俊都为"莫高精神"的产生、形成和发展发挥了积极作用。2014年，在樊锦诗院长酝酿概括总结"莫高精神"过程中，纪新民书记直接参与了"莫高精神"表述和内容的凝练阐释；在"莫高精神"正式提出后，王旭东、马世林、赵声良以不同的方式引领推动"莫高精神"的传承弘扬；廖士俊牵头组建课题组，总结研究"莫高精神"的发展历程、内涵特征、时代价值等。新时期、新阶段，敦煌研究院党委带领各级党组织和党员，积极争做"莫高精神"的模范践行者、全力推动者，倡导要不断丰富和发展"莫高精神"的内涵，使"莫高精神"成为敦煌研究院所辖6处石窟寺人共同的行为规范和精神力量。

敦煌研究院发展70多年，"莫高精神"随时代潮流的变化，呈现出了变与不变的新时代特征。"变"体现于时代变迁，敦煌研究院几代领导人所处的时代不同，遇到的困难与挑战也各不相同，需要站在新起点、进入新阶段、面对新使命、实现新目标，特别是要丰富"莫高精神"的内涵，使其成为包括莫高窟、

庆祝中[国

敦煌研究院庆祝中国共产党成立 100 周年文艺晚会

麦积山石窟、炳灵寺石窟、榆林窟、西千佛洞、庆阳北石窟等石窟寺人、文博系统甚至整个社会共同的精神财富。"不变"体现的是莫高窟人的崇高价值追求，他们对敦煌石窟无比热爱，对敦煌文物事业百折不挠的执着和为国家、为民族的使命担当。每一时代都有自己时代的课题，每一时代也都有自己时代的风采，莫高窟人将会在这种精神的指引下，担当起该担当的责任，在新的历史征程中谱写出属于新一代莫高窟人的崭新篇章，绽放出新的时代光芒。

第三章

莫高窟人的奋斗精神

经过 70 多年薪火相传，"莫高精神"的内涵不断丰富充盈，其生命力顽强绽放，这不是个别人的精神，而是几代莫高窟人的群体画像、组织文化和优良传统。莫高窟人就是这种宝贵精神的创造者、继承者、发扬者。

一、坚守大漠、矢志笃行的情怀

今天的莫高窟是戈壁大漠上的一弯绿洲，绿树成荫，流水淙淙，古朴幽静，有舒适的办公区、生活区、现代化的网络设备，宛若一片"世外桃源"。但70多年前，这里几乎就是人迹罕至的孤岛，莫高前辈就是在这样的荒漠孤岛中开基创业，一生坚守，使敦煌文物事业得以薪火相传，蓬勃发展。

1. 大漠深处的"艺术香客"

20世纪40年代的敦煌，乃至甘肃，受过良好教育的青年屈指可数，初到敦煌的第一批人都是艺术家和高级知识分子，他们大都受过良好的教育，常书鸿、陈芝秀夫妇是从法国留学学习艺术而后辗转来到敦煌的艺术家；董希文、张琳英夫妇，张民权、周绍

淼等都是国立艺术专科学校（今天中国美术学院前身）的学生；乌密风是油画家乌叔养的独生女儿，承袭家学；邵芳出身天津名门，是天津名画家陈少梅的弟子；史岩毕业于上海大学美术系；李浴来自北平艺术专科学校；苏莹辉从无锡国学专修学校毕业。

那时的莫高窟破败不堪，周围是荒芜的戈壁沙漠，1937 年来的李丁陇曾在自叙长诗《在敦煌八月》中如实记录了当时敦煌的艰辛和困苦，诗云：

纷纷大雪路茫茫，零下二十到敦煌。

水土失常病侵体，火种须续夜焚香。

莫高不畏君子顾，洞矮最怕豺狼狂。

树干暂当攀天梯，干草施作铺地床。

青稞苦涩肠不适，红柳烧饭泪成行。

半载不务粟瓜菜，长年扣付饼牛羊。

衣服多洞雪来补，棉袄作裳我平常。

十几年后，生活依然如故。当时办公和住宿的地方是一座晚清留下来的破庙，叫中寺，前后共两进院落，前院用来办公，北侧用马厩改建的一排房子做职工宿舍，室内有土炕，土坯砌的书桌、书架。工作人员大都来自南方，敦煌不产米，大家只好以吃面为主，全所职工的主食都是自己买小麦用毛驴推磨加工的，大多时候吃的是盐面条，有时面条也没有，蔬菜也不多，冬季的菜只有萝卜、白菜、土豆、大葱，到五六月才有少量韭菜，后来就自己种菜瓜、采野蘑菇吃。每逢过节，大家也会每人出点钱，买羊肉和酒菜改善一下。敦煌缺水，不能洗澡，只能擦澡，一盆水擦脸、擦身、洗脚，还舍不得倒掉，得派作其他用场。

这里几乎与世隔绝，交通不便，信息不畅，职工们没有社会活动，没有亲人团聚的天伦之乐，大部分时候形影相吊，常常为等一个远方的熟人到来，望眼欲穿，为了盼望一封亲友的书信，长夜不眠。最可怕的就是生病，有一次，一位职工生病发烧，以为自己活不成了，所里用牛车拉他进城看病，他含着泪对常书鸿说："所长，看来我不行了，我死了以后，可别把我扔在沙漠中，请把我埋在土里！"茫茫戈壁，自古是流放犯人之地，生命都没有保障的生活，让大家难免心生恐惧。张大千离开莫高窟时，曾对常书鸿说："我们先走了，你却要在这里无穷无尽地研究保管下去，这是一个长期的——无期的徒刑啊！"

这样的生活对一群来自鱼米之乡的青年知识分子而言确实非常辛苦，但是洞窟中精美的艺术、丰富的内容，让他们惊叹，不觉忘却了工作生活条件的艰苦，迅速投入工作，他们自诩为"艺术香客"，无论周遭如何，对信仰忠贞不贰、痴迷忘返，环境虽艰，追寻艺术的心志更坚！通常晨曦微露就起床梳洗，然后就钻入洞窟中铺开画纸和千年壁画展开对话。每天临摹壁画、测绘石窟、调查洞窟、为石窟编号……徜徉沉浸在艺术的宝库中，忘却周遭一切。

1945 年，抗战胜利，因多年战争离家未归、思乡心切的艺术家们纷纷离开了敦煌，常书鸿不得不重新从四川、重庆、兰州招聘甘愿到敦煌来的工作者，有郭世清、凌春德、范文藻、霍熙亮、段文杰、钟贻秋、刘缦云、张定南、孙儒僩、黄文馥、欧阳琳、薛德嘉、李承仙、萧克俭等。新生力量的到来使研究所停顿的工作得以开展起来。这些工作人员也基本都是美术工作者，他们把主要精力都投入敦煌壁画临摹工作，在艰难的条件下临摹了 1000 多幅临本，在南京、上海举行"敦煌艺展"，比较全面地介绍了敦煌壁画的丰富内容，得到了社会各界的高度赞扬。

虽然莫高窟的生活异常清苦，但坚守在这里的人们却很会苦中作乐，把囚徒般的大漠生活过成快乐的桃花源。常书鸿从

美术工作者在临摹壁画

重庆"招兵买马"回来时，当时的中央研究院给研究所拨了一辆军用十轮大卡车，一路往西的路上，他们在卡车里装了一笼子的鸭、鹅，还备了蔬菜种子、波斯菊种子等等。春天来了，所里就组织职工在莫高窟窟区植树造林，千辛万苦栽种的小树苗慢慢长大成林了，被大家取名为"新树林"。大家在洞窟前种植苹果、核桃、葡萄、枣、桃等果树，加上原有的梨园，每年都有吃不完的水果。大家还在空闲的土地上种了许多蔬菜，每天晚饭后，大家都去菜地除草松土，基本做到了蔬菜自给自足。自己养的鸡、鸭、鹅，还有牛和羊，偶尔还能改善一下伙食。波斯菊种子也在敦煌扎下了根，长得十分茂盛，非常漂亮。冬天不能进洞临摹，所里就组织大家出去写生。天寒地冻，宕泉河结冰了，所里想办法去兰州给大家弄些冰鞋，一起滑冰寻开心。大伙儿在冰面上跑累了，就躺在冰上看莫高窟冬日的蓝天，蓝得那么深沉，那么纯净。

新中国成立前夕，国民政府自顾不暇，三五个月不发薪水是常事，后来货币贬值，物价满天飞，每次等到薪水，会计就立马乘车进城，提取现款，买成香烟、布匹等发给大家，用来换其他物品。后来经费实在紧张，所里就用那辆大卡车拉敦煌的棉花到武威、张掖或者哈密倒卖。那时莫高窟守护者们还时刻面临着被抓壮丁的威胁和遭土匪抢劫的危险，生活在这样的环境中，大家只能把苦闷在心里，在黑夜里等待着黎明。

2. 忘情于"佛国世界"

1950年，国立敦煌艺术研究所改组为敦煌文物研究所，敦煌文物事业迎来新的发展气象。20世纪50年代至70年代，通过组织分配、调动等各种方式，敦煌文物研究所吸引来了李其琼、李贞伯、万庚育、关友惠、冯仲年、杨同乐、孙纪元、李云鹤、刘玉权、何鄂、潘玉闪、肖默、贺世哲、施萍婷、李永宁、刘忠贵、孙修身、樊锦诗、马世长、李振甫、何山、樊兴刚、刘永增、卢秀文、段修业、邵洪江、赵俊荣、吴荣鉴、马德、王进玉、蔡伟堂等新生力量。这批研究人员的到来，给研究所注入新活力，使敦煌文物研究所多年想搞而没法搞、想做而没人做的事情都有了专业承担者和研究者。

当时多数洞窟前无栈道、走廊，上二层以上洞窟要用"蜈蚣梯"；洞窟坐西朝东，上午光线尚可，下午就不行了，就只能用镜子反光。20世纪60年代，国家开始对洞窟全面加固，对窟前遗址进行考古发掘，对洞窟进行测绘、记录，考古组成员常常腰系绳索，打秋千似的悬空作业，但只要进入洞窟，看到那绚丽的彩塑和壁画，他们就可以工作到忘情。

那个时期"政治运动"不断，所里职工在完成工作任务之外，还被派往陕西、甘肃等地农村参加土地革命、社教活动。

1946年，工作人员利用蜈蚣梯清理崖面

| 1946 年，工作人员在勘察洞窟

1948 年，工作人员在维修石窟

"大跃进"的时候，通常每天工作到 12 点，走出办公室还要到宕泉河边上架起一座座小钢炉大炼钢铁。

60 年代初，遇到了自然灾害，所里接到上级通知，国家供应的粮食定量减少了，职工要为国家分忧，勒紧裤腰带，研究所就组织职工开荒种菜。饥饿迫使人们把附近的菜叶子、野菜、树叶等可以吃的东西都采摘完了，大家不得不在寒冷的冬天，到戈壁滩上打野草籽充饥，吃"观音土"来填肚子。常书鸿实在没办法，就决定给全所职工放 40 天"救命假"，让大家自谋生路。假期很快过去了，说也奇怪，所里的职工不管是去了哪儿，全部按时返回莫高窟上班，竟无一人自动离职，都觉得国家需要大家在这里扎根，就应该在这里坚守，把事业搞好。

尽管环境如此恶劣，生活如此穷苦，精神压力如负重山，但莫高窟人始终没有被压倒，他们有着自己的"极乐世界"，只要进入洞窟，站在气势磅礴、生机盎然的壁画前，整个身心就都沉浸在对艺术享受之中，灵魂顿时得到净化，暂时忘记了一切，他们的精神是充实的，当他们在石窟里看到千年的历史画卷，健康优美的艺术形象和蕴含深刻的艺术意境，伟大的敦煌艺术就是他们愿意为之坚守、为之奋斗的内在动力。

3. 咬定青山不放松

一场史无前例的"文化大革命"，浇灭了大家的工作热情，也打破了乐观向上的生活氛围。研究所当时只有 40 多人，分成 16 派，被揪斗者竟达 25 人，台上站的"牛鬼蛇神"比台下

"革命群众"还要多。后来，革命发展到"清理队伍"阶段，很多"犯了错误"的先生被遣送到农村或原籍接受改造。

段文杰被安置到敦煌郭家堡当了社员，每天披上老羊皮，扛着铁锹，提着面口袋，步行十几里地去挖土、修渠，还被派去种地、养猪，彻底过起农民生活。史苇湘被勒令到敦煌黄渠公社报到，他走几步回头望望九层楼，走走停停到下寺后瘫坐在地，失声喊道："我不能离开莫高窟啊，你们告诉我犯了什么罪，我一定好好改造！"黄渠公社分给他的任务是放羊，那个踌躇满志的学者就做了"羊倌"，成为默默无闻的放羊汉。孙儒僩、李其琼被以"阶级异己"分子等莫须有的罪名开除公职，遣送四川原籍交贫下中农监督改造。李贞伯、万庚育夫妇因为有海外关系遭到批斗，各自改造，三个子女也成了"黑五类"，被送到农村去接受贫下中农再教育；分配给万庚育的工作除了放羊、喂猪，还要照顾居住在莫高窟下寺的两位喇嘛；有一次，她甚至被安排进一个工作队，夜里去挖坟墓。生长在革命圣地延安的贺世哲被打成了"反革命"，被开除公职送回陕北老家……

打倒"四人帮"以后国家落实政策，段文杰、史苇湘、孙儒倜、李其琼、贺世哲等人刚刚步入中年、精力旺盛，如果他们想要离开敦煌，易如反掌，但是他们谁也没有想过离开，全又返回敦煌，敦煌像一块磁铁一样，吸住了意志如钢铁般的人们，他们与敦煌同呼吸共命运，他们对敦煌如痴如醉、忠贞不贰，是真真正正"打不走的莫高窟人"！

4. 积沙成塔聚敦煌

党的十一届三中全会后，改革开放的春风吹度玉门关，吹到了莫高窟。1980 年，甘肃省委对敦煌文物研究所进行整顿，敦煌文物事业步入了新阶段，敦煌文物研究所呈现出一派欣欣向荣的景象，特别是 1981 年邓小平同志来敦煌视察后，从中央拨款，给研究所建设了新的办公楼、科研楼和职工家属院，敦煌文物研究所从此告别了住土房、睡土炕、点油灯、喝咸水的日子，40 年未解决的职工子女无法上学的困难也得到了解决，生活工作条件得到了极大改善，凝聚了研究队伍，也吸引了更多年轻人加入莫高窟人的行列。

20 世纪八九十年代，吴健、李萍、马强、李正宇、汪泛舟、赵崇民、梁尉英、罗华庆、胡同庆、赵声良、王惠民、杨森、李最雄、侯黎明、娄婕、张元林、杨富学、王旭东、汪万福、苏伯民、张先堂、杨秀清、陈港泉等不少风华正茂的年轻学子和专业人员从祖国四面八方，汇聚到莫高窟。这股力量汇聚在一起，爆发出一种奋发图强的青春魄力。年轻的研究人员与老专家一道，迎来学术发展之春，分别在壁画临摹、彩塑复

制、石窟保护、学术研究中担当起重任，一支包含不同专长的人才队伍在敦煌研究院开始茁壮成长。

1984年，敦煌文物研究所扩建为敦煌研究院。为了拓展敦煌文物事业、吸引更多人才，在兰州设立分院并建家属区，很多职工可以把家安到兰州，方便老人就医、孩子上学。但是大家都心知肚明，敦煌文物事业的大本营还是在莫高窟，即便家在兰州，大部分人一年到头在家的时间连一个月都不到，基本都是过着两地分居的生活。家庭、工作不能两全，这似乎是莫高窟人的宿命。没有人喜欢这样的生活，但是为了能从事热爱的敦煌文物事业，莫高窟人不得不"舍小家，顾大家"，舍弃家庭团聚的温暖，舍弃陪伴孩子的快乐，长年奋战在敦煌，只因热爱，所以坚守！

5. 薪火相传永坚守

进入新世纪以来，随着社会经济进步发展，敦煌文物事业持续向前，每年都有从全国不同高校毕业的青年学子来到敦煌，成为敦煌文物事业的新生力量，成为新时代的莫高窟人。现在莫高窟人生活条件得到了极大改善，大部分人都住进敦煌市区，还有不少人在省城或其他城市买了房子，但是大家都怀念曾经住莫高窟生活区公寓楼的那些日子。当游客离去，黄昏时分漫步在恢宏的莫高窟前，听着风吹过巍巍九层楼，看着晚霞中的三危山脉，听着老先生讲过去的故事，想着自己正在写的文章，构思着还未描摹的画作，期待着实验室的分析结果……这份安静，这份美好，是再豪华的高楼、再丰盛的大餐、再奢靡的享受也代替不了的。莫高窟就像一方净土，凝聚着、吸引着志趣相投、甘于寂寞、坚守信念的莫高窟人，他们早已把自己的工作、生活乃至生命与莫高窟融合在了一起！

一代又一代莫高窟人，从祖国四面八方、大江南北来到戈壁边陲，无论是因为挚爱敦煌艺术"自投罗网"，还是因为国家分配被动而至，无论只想来"看一看"，还是只想找一份工作，无论来了本想要走却留下来，还是走了依然深爱着……大家都在敦煌文化艺术的浸润中，在前辈的感召中，在大漠黄沙的磨砺中，不离不弃，不怨不艾，默默奉献，兢兢业业，成长为真正的"敦煌儿女"。

二、甘于奉献、舍家忘我的品格

　　一代代莫高窟人来到大漠深处，他们或放弃优越的生活，或舍弃曾经热爱的专业，或抛下家庭子女，但都无怨无悔，把自己最好的青春年华都奉献给了敦煌，奉献给了敦煌文物事业，并为之奋斗终身。

　　1. 择一事，终一生

　　除了常书鸿、段文杰、樊锦诗等把一生奉献给敦煌，在莫高窟还有很多长期默默无闻、热恋着敦煌并为之奋斗终身的人。

　　史苇湘和欧阳琳夫妇 20 世纪 40 年代就来到敦煌。1943 年，因为协助张大千举办敦煌壁画临摹展，还在四川国立艺专就读的史苇湘第一次接触到敦煌石窟艺术，张大千告诉他："要做一个中国画家，一定要到敦煌

史苇湘、欧阳琳夫妇

去。"史苇湘激动不已,恨不得立马奔赴敦煌,但因应征入伍参加了远征军,所以延迟一年后才来到敦煌,加入刚刚成立不久的国立敦煌艺术研究所,自此一生与敦煌相依相伴,潜心临摹洞窟,探索壁画艺术。他除了对各个时期的代表作进行临摹外,还临摹了一批小型的生活画、服饰、飞天、图案,大部分临品都达到了甲级水平,许多画作曾随"敦煌壁画展"在国内外展出,受到海内外广大观众的赞誉。20世纪60年代后,史苇湘主持创建了以丰富的敦煌文献资料为主题的资料中心,为研究人员开展研究工作提供了充足的资料和信息,他也因拥有渊博的敦煌学知识被誉为"活字典、活资料"。史苇湘是最早运用艺术社会学理论研究敦煌石窟艺术的学者,在对洞窟进行认真调查的基础上,首次排比出了23个北周洞窟,还考证发现了诸多经变画内容,他的研究成果集结成了《敦煌历史与莫高窟艺术研究》《丝绸之路上的敦煌莫高窟》等,都是敦煌学史上里程碑式的著作。

欧阳琳也是因为目睹了张大千的画展而下决心来敦煌的,1947年大学毕业后,她追寻艺术之梦奔赴敦煌。从北魏、北凉、西魏的佛国,到隋唐的山水、人物、建筑,衣袂飘举,光影交错……欧阳琳沉浸其中不能自拔。一千多年前的画工们究竟怎样一笔一笔创造出这样一片绚丽的艺术世界？她被震惊，也被吸引，就这样留了下来，像古人一样，一笔一笔描摹壁画，成为终生坚持在莫高窟工作的女性美术工作者之一。她对敦煌壁画中繁花似锦的图案艺术颇有研究，临摹的大量精美的敦煌图案，不少为上乘之作，被誉为"敦煌图案专家"。直到耄耋之年，因为身体原因，才被迫放下手中画笔，她说："我画不成了，画画很费眼睛。"却又开始用另外的方式继续笔耕不辍——82岁时出版了《敦煌壁画解读》，83岁出版了《敦煌图案解析》，87岁出版了《感悟敦煌》……一生敦煌，一世情牵！

孙儒僩和李其琼也是一对献身于敦煌的伉俪。孙儒僩在新中国成立前就到了莫高窟。他是学建筑出身，从四川省立艺专毕业之后被分配到重庆一家建筑公司工作，工作期间有同校朋友拍电报给他，说国立敦煌艺术研究所招学建筑的工作人员。当时他对敦煌几乎一无所知，但竟然被这个消息吸引，回到成都去见拍电报的朋友，又咨询老师。老师跟他讲莫高窟的壁画、雕塑和古建筑都精美绝伦，建议他可以去搜集些资料。就是这样的初衷，他决定去敦煌待两年。他和几位同学一道奔赴敦煌，当风尘仆仆地出现在莫高窟时，最初的想象变成震惊。他忘记过两年就离开的打算，开始喝着宕泉河苦涩的水，测绘木结构窟檐，临摹壁画中的古建筑形象，探索用各种方法治理风沙……就这样，原本计划待两年的孙儒僩年复一年地留了下来，

孙儒僴、李其琼夫妇

成为敦煌石窟保护专家，做了大量石窟古建筑保护的基础工作。特别是20世纪60年代，政府拨巨资开展莫高窟崖体加固工程，孙儒僩全程参与……直到现在，已98岁高龄的孙儒僩，还时常想到敦煌看看，老人鬓发如霜，唯有四川乡音不改："我这辈子都不后悔去了敦煌！"他把一生的研究成果汇集成《敦煌石窟保护与建筑》等著作，惠及更多后人，而他"此生将了，心留莫高"。

李其琼是孙儒僩的同学，当年在车站送孙儒僩远赴敦煌时，她没有想到6年后自己会作出同样的决定。1952年孙儒僩的一封信，向李其琼描述了莫高窟的瑰丽和神秘，学艺术出身的她忍不住来看一看，没想到这一看就成了"一眼千年"。之后她与孙儒僩喜结连理，从此，临摹和研究敦煌壁画、用临摹的方式保存和弘扬敦煌艺术成了她一生的事业。在交通不便、信息闭塞、生活清苦，甚至洞窟临摹采光也只能靠镜子、白纸反射阳光，或一手擎煤油灯、蜡烛，一手拿画笔的极端艰苦的条件下，她依然保持高度热情，用手中的生花妙笔，一点一点揭开了一幅幅沉睡千年壁画的神秘面纱。李其琼本是学油画的，但经过一段时间的努力探索后，她很快就对敦煌壁画有了自己的领悟，并不断钻研古代壁画绘画技法，在临摹方面达到了极高的水平，她是敦煌研究院除段文杰之外临摹壁画数量最多的人。1957年，虽然遭受了不公正待遇，但仍然阻挡不了她对艺术的激情，白天被罚去劳动，晚上则偷偷地钻进洞窟，物我两忘、孜孜不倦地临摹壁画，绘制了大量临品。1975年落实政策，她从老家又回到敦煌，无怨无悔地投入壁画的临摹和研究工作，凭借对艺术研究事业执着的爱，李其琼将一生都奉献给了敦煌艺术，直至2012年10月离世之前，她始终沉浸在敦煌艺术的海洋，没有停止过画笔。她与同事合作，临摹了多幅大型经变画，其中《西方净土变》《观无量寿经变》等都是上乘之作。她临摹的壁画人物生动、色彩富丽、规模宏伟，处处体现着唐人"满壁风动"的意趣。改革开放后，敦煌艺术展在海外展出，很多国际友人称赞李其琼的画作已超过了唐人壁画的水平，她创作的变体壁画《菩萨行》，被日本日中友好会馆永久收藏，她撰写的《莫高窟的壁画艺术》等多篇较高学术价值的文章受到国内外专家一致好评。

贺世哲和施萍婷夫妇是从事石窟内容考释和历史文献研究的专家。他们到敦煌的时间晚于上述几位先生，但同样是一辈子在敦煌勤勤恳恳地工作，几十年如一日，别人不愿吃的苦他们吃了，别人嫌弃的工作他们做了。贺世哲是风度儒雅的学者，青年时期曾手握钢枪、出生入死远赴抗美援朝战场，回国之后积极响应国家"向科学进军"的号召，考入兰州大学历史系学

贺世哲、施萍婷夫妇

习。1961年贺世哲被调入敦煌研究院工作，之后一头扎进敦煌石窟内容的考证与研究里。他学风严谨，笔耕不辍，著作颇丰，他所撰写的《敦煌莫高窟供养人题记校勘》，匡正了前人的误断，他和孙修身等先生编纂的《敦煌莫高窟供养人题记》，成为研究敦煌学必备的工具书之一，他的《敦煌图像研究——十六国北朝卷》一书以扎实的功底和研究的开创性为学界所重视。他的研究如他的为人一般，体现了做学问应有的踏实认真、严谨细致。

施萍婷同样是一位令人尊敬的学者，她也曾远赴朝鲜参加抗美援朝战争，她做学问的精神也如在战场上一般刚毅果敢。1961年她调到敦煌工作，开始对馆藏敦煌文献进行全面调查、整理和编目工作。敦煌文献中可以研究的问题数不胜数，施萍婷本可以走发表论文、出版专著等相对容易出成果的路子，但她却选择了极耗心力、甘为人梯的敦煌文献调查工作，因为她深深意识到，作为一名敦煌研究院的学者，有责任、有义务对大量流散在世界各地的敦煌文献进行调查整理。她先后调查了国内多个地方所藏敦煌文献，后借去日本访学之机又对日本藏敦煌文献进行深入调查。通过多年调查，补正修订完成了《敦煌遗书总目索引新编》。这是一本非常实用的敦煌学工具书，是要一个小组花好几年的时间才能完成的工作，施萍婷就凭自己和一位年轻的助手坚持不懈做出来了，她的工作为更多学者铺出了广阔的道路，而自己耗尽了毕生精力，可谓嘉惠学林，泽及后昆。施萍婷撰写的《打不走的莫高窟人》一文，描述了他们那个时代莫高窟人的情怀和坚守，成为激励莫高窟人的经典之作。

除了这一对对志同道合的伉俪，还有多位在各个领域默默奉献的敦煌学者。关友惠 1953 年西北艺术学院（西安美术学院的前身）毕业后，就来到敦煌文物研究所工作，投入敦煌艺术的临摹与研究事业，一干就是一辈子。20 世纪 50 年代的莫高窟，生活和工作条件极其艰苦，关友惠与同事们白天在洞窟里调查、临摹，晚上与同事们聚在一个大房间，点一盏汽灯，共同在灯下练习壁画的绘画技法。关友惠勤于思考、刻苦钻研，在莫高窟工作的数十年间，临摹壁画数百幅，对敦煌石窟各时期壁画的风格与技法了然于心，他的大量临摹品，比较客观真实地表现出敦煌壁画不同时期的风格特色。由于扎实的临摹功底，在 20 世纪 70 年代，西安附近的唐代壁画墓，如章怀太子墓、懿德太子墓等壁画出土时，他受陕西省博物馆之邀，参加了唐墓壁画的临摹工作，其后又应邀参加酒泉丁家闸壁画墓的临摹以及新疆库木吐拉石窟壁画的临摹工作。他与樊锦诗、马世长、刘玉权合作发表了《敦煌莫高窟北朝洞窟的分期》《莫高窟隋代石窟的分期》等论文，借鉴考古类型学的方法，对敦煌壁画图案

关友惠

艺术进行专题研究；出版了《敦煌壁画全集·图案卷》（上、下卷），这是第一部对敦煌石窟图案艺术进行系统总结和研究的著作，对敦煌图案研究及敦煌石窟的分期研究都提供了重要的参考。改革开放以后，关友惠作为敦煌研究院美术研究所所长率领美术研究所的工作人员潜心研究古代壁画艺术，探讨中国传统绘画的技法，并多次主持或参与筹备国内外敦煌壁画展览，推动了敦煌艺术走向世界。

刘玉权 1957 年来到敦煌，一直从事敦煌壁画临摹和石窟考古测绘，主持了敦煌石窟摄影、考古测绘实验和洞窟蒙文题记的调查、翻译、整理工作，长期致力于敦煌石窟分期及西夏艺术、西夏历史研究，取得了突出的成就，成为西夏石窟研究权威专家。

李永宁 1961 年来到莫高窟，此后一直致力于敦煌学研究和科研管理工作，主持筹办了最早的"敦煌学国际讨论会"，组织编撰了《敦煌研究文集》《敦煌研究（创刊号）》，参与组织编纂《敦煌学大辞典》，为搭建敦煌学研究平台作出了重要贡献。

张学荣在麦积山石窟工作了数十年，建立起了一整套行之有效的管理制度，后来调入敦煌研究院接待部工作，十分重视讲解员的培养，安排讲解员阅读专业书目，聘请专家学者为他们做讲座，为培养一支专业讲解员队伍作出了莫大贡献，至今这样的培训方式依然被传承，敦煌讲解的专业性也广受社会好评。

窦占彪是一位技艺高超的工匠师傅，国立敦煌艺术研究所

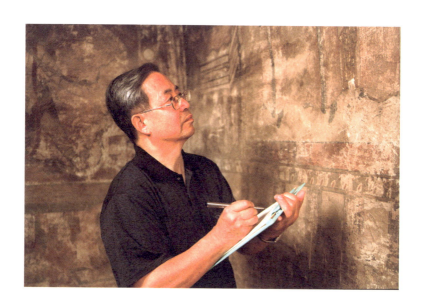

刘玉权

成立之初，他就来到了研究所，心思巧妙，手艺精湛，木工、泥瓦工等活计，样样精通，一辈子在洞窟中爬上爬下、修修补补，几乎每个修复的洞窟都离不开窦占彪的身影，在敦煌研究院早期的文物保护修复中作出了突出贡献。

在历代莫高窟人的行列中，还有众多的安全保卫人员和后勤保障人员，他们岗位平凡，心怀大局，默默耕耘，无私奉献，与科研人员、管理人员一同把敦煌研究院建设的环境优美、平安祥和。范华在国立敦煌艺术所成立之初就来了，他为人敦厚老实，勤勤恳恳，任劳任怨，后来从事行政管理工作，一生奉献给了敦煌文物事业。吴兴善是园林工人，他来以前单位没有人专门从事绿化工作，他非常爱护树木，把绿化搞得很好。王永生是敦煌研究院保卫处一名普通的石窟守护人，1985年当兵复员回家后参加敦煌研究院警员招考，成为保卫科警卫队的一员。他深知窟区大量文物的珍贵价值，视窟如家，一守就是37年。几十年来，他步行巡逻的总路程超过两万多公里，相当于绕地球赤道半圈。时至今日，虽然窟区装了很多监控设备，但他仍然坚持每天雷打不动巡查值守。他说："监控总有盲区，代替不了现场巡查，我亲自巡查了才能放心，不然我一晚上都睡不好觉。"常娟是敦煌研究院总务处一名清洁工，多年来一直负责打扫窟区以及厕所环境卫生，在这个平凡的岗位上一干就是16年。虽然打扫卫生间又脏又累又臭，甚至被人瞧不起，但她在一次院内演讲时动情地讲道："能拥有这样一份工作，我从内

窦占彪

心感到自豪，因为我工作的地方是世界文化遗产宝库——莫高窟。在莫高窟工作，可以近距离地欣赏敦煌艺术瑰宝，所以我是幸运的、自豪的、幸福的！"

还有太多的莫高窟人为自己钟爱的敦煌文物事业倾注了一辈子的心血，滚烫的誓言，坚定的信念，少年的青涩逝去，把一切奉献给敦煌艺术就是最漫长的告白！

2.舍小家，顾大家

夫妻伉俪，更能志同道合、心无旁骛地奉献敦煌，但并不是每一位莫高窟人都有这样的幸运，两地分居是他们的常态，段文杰如此，樊锦诗如此，王旭东如此，至今工作在敦煌的很多人都如此，这是莫高窟人普遍的无奈。

1983年，重庆师范学院即将毕业的罗华庆给段文杰院长写了一封信，信中表达了想去敦煌工作的强烈意愿，并附上一篇关于敦煌艺术的论文。段文杰在这篇论文中读到了一个年轻人的才华和决心，当即回信并给他寄去了《敦煌研究文集》等书刊，同时给教育部写信争取到一个师范生出四川省的名额。就这样，敦煌文物研究所迎来了第一批大学生，天府之国的罗华庆也带着无限的憧憬来到了西北边陲小城敦煌。他在这里组建了家庭并有了儿子，为了让儿子得到更好的教育，爱人带儿子调去兰州工作。相距千里的路程隔断了一家人，他也因此长期缺席儿子的成长。因他从未参加过家长会，儿子初中的教导主任在一次家长会上，一面表扬他儿子十分阳光、性格好；一面

罗华庆

又关切地问他爱人"是离了还是走了"，他爱人这才意识到原来老师一直误认为儿子是单亲家庭的孩子。罗华庆一直对儿子有强烈的愧疚感，他爱自己的家人，为了补偿，他每次回家都抢着承包所有的家务活；他也热爱自己的事业，从担任办公室主任到副院长的二十几年来，每到节假日安排值班时，他都主动留下来值守，妻儿为了支持他，重大的节假日都是来敦煌陪他一起过。

榆林窟是莫高窟的姊妹窟，是敦煌研究院管理的六大石窟之一，距敦煌 170 余公里，位于瓜州县南 70 公里处，离最近的锁阳城镇也有 30 公里。因为地处戈壁，以前回家往往要先步行 30 公里到锁阳城镇，再找老乡的车回瓜州县城。在戈壁荒漠上，30 公里一般都需要走整整一天，且荒无人烟。如今从敦煌去瓜州榆林窟的这条路，虽然一半是高速，一半是土路，但去一趟依然要颠簸两个多小时。2007 年宋子贞调到榆林窟担任所长时，他根本没有想过，会在这样荒凉孤寂的地方一待就是 14 年。那时候榆林窟人喝的是窟前榆林河的水，住的是透风漏雨的土房子，不通电话，更别说网络了，还有让人落荒而逃的土厕所。最开始几年，宋子贞忙着给职工打井找水喝、想办法解决回家的班车，然后通电话、通网络，这些在普通城市很容易办到的事情，在榆林窟这样一个戈壁孤岛，却需要费尽九牛二虎之力。在榆林窟终于盖上了新的办公用房和职工宿舍，洗澡、上厕所的问题终于得到解决后，宋子贞又开始为榆林窟的文物保护、文化弘扬、综合管理等工作劳心费神了。十几年就这样

榆林窟外景

过去了，这期间宋子贞经常十天半个月才能回一趟敦煌的家，一个月回一趟也是常态。在榆林窟工作的 14 年"守窟"生涯中，他们一家三口聚少离多，为了支持宋子贞，他的妻儿陪伴他在榆林窟度过了 11 个春节。

张先堂是 20 世纪 90 年代来敦煌的，之前在甘肃省社会科学院工作，家庭工作都很安逸，但因为一次在敦煌研究院办会的机缘，他迷恋上了敦煌，于是作出了一个让同事和家人都认为很疯狂的决定——调去敦煌研究院工作。到敦煌后，他从事深深热爱的敦煌学研究，数十年来俯首于卷宗之间，倾其心力开展敦煌文学、敦煌佛教史，特别是供养人研究，颇有建树，发表了诸多有分量的研究论文。

张元林是 20 世纪 80 年代末来敦煌的，刚到敦煌时他曾被安排给段文杰院长做助手，后来到敦煌学信息中心工作，因受段文杰的熏陶，加上对文献的逐渐熟悉，他对敦煌文化、敦煌石窟内容的兴趣越来越浓，于是就用心投入敦煌壁画的图像研究中，现已在佛教史、中西艺术交流、法华经变等研究方面造诣颇深。

据不完全统计，敦煌研究院像这样两地分居一心扑在事业上的有百十人，如蔡伟堂、马强、张小刚等，他们都是常年工作在敦煌，而他们的家人都在相距一千多公里外的兰州，他们也都一样经历着家庭工作难两全的生活……没有人愿意过这样的生活，但如何既照顾好热爱的事业又照顾好家庭，可以说无解！让莫高窟人聊以自慰的是，敦煌石窟在熠熠生辉，敦煌文物事业在蓬勃发展。

3. 献了青春，献子孙

从风华正茂到两鬓斑白，老一辈莫高窟人用青春年华、赤忱初心，书写了对莫高窟最长情的告白，这一告白就是一辈子。时间可以淡忘一切，却抹不去他们对莫高窟历久弥新的记忆，这些记忆里有他们自己，也有陪伴他们一起守护莫高窟的孩子们。背井离乡、献身敦煌是他们一个人的选择，但却搭上了孩子们。自幼生长在莫高窟的孩子没有条件接受良好的教育。莫高窟远离县城，在交通不便只有畜力车的年代，是没有条件上学的。早期的莫高窟人有的忍受思亲之苦，将孩子放置在老家，孩子被迫成为"留守儿童"；有的带在身边，力所能及地教他们学点东西，但无法给他们系统的教育。后来敦煌文物研究所自己办起了临时托儿所、幼儿园、小学，院里面的学者给他们上课，教他们怎么练线描、怎么涂色，带他们唱歌跳舞，即便艰苦，这样快乐简单的日子能延续也好啊，到了政治运动频发的年代，很多孩子被迫跟着父母遣散返乡、下乡插队，有人因此而错过了再进学校学习的机会。早期莫高窟人很多都是出身名校的高级知识分子，可是他们的子女都没能考上正规的大学，少数能上中专、大专就算幸运的了，这是他们心头永远的伤痛和遗憾！

即便没有受过正规教育，也有很多子女因从小跟在父母身边，耳濡目染受到艺术的熏陶，长大后"子承父业"，甚至"孙承祖业"，成了"莫二代""莫三代"。

李福是一名壁画临摹师和装裱师。1940年，年仅19岁的李福被张大千选作助手，跟着张大千从四川来到敦煌，勾线、学画、临摹壁画。临摹工作完成后张大千想把他带回成都，但他已爱上敦煌，最终选择留在敦煌，后来改名李复，有"复原敦煌之美"的意思。常书鸿发现李复在装裱方面颇有造诣，就让李复装裱临摹的壁画，早期临摹作品的装裱都出于李复之手。现在虽然李复已作古，但是这门手艺由他的儿子李晓玉传承下来，如今李晓玉在敦煌从事壁画装裱也已有30多年时间。

霍熙亮，出身山东望族，自幼天资聪颖，多才多艺，年少时就已在艺术表演上成为当地一颗小明星。1947年，四川省立艺专毕业典礼上，他出演忠肝义胆的"杨七郎"，出色的表演让所有观众折服。包括现场的一位特殊观众——国立敦煌艺术研究所所长常书鸿。表演结束后，常书鸿走到霍熙亮面前，问他愿不愿去敦煌，这位豪爽的山东青年想都没想就答应了。一路舟车到了敦煌，他被洞窟琳琅满目、美不胜收的彩塑、壁画艺术惊到一时语塞，他听到了来自灵魂深处的声音——留下来！霍熙亮在敦煌工作了 60 年，从临摹洞窟壁画开始，做了大量石窟研究工作，莫高窟 492 个有壁画和塑像的洞窟他都了如指掌，他用大半生心血撰写了大量论文、出版了诸多大部头专著。霍熙亮的女儿霍秀峰 1954 年在莫高窟出生，在莫高窟长大，在莫高窟上小学的日子给她留下了美好的印象。受父亲的影响，霍秀峰也喜欢画画，1978 年她从酒泉师范院校毕业后被分配到三危中学当老师，假期就回家在父亲的指导下临摹敦煌壁画。到 20 世纪 80 年代，霍熙亮身体不好，院里决定调一个子女到他身边照顾，霍秀峰就调来敦煌研究院。白天她跟着父亲进洞窟研习壁画，晚上在灯下练习线描。父亲对她教导极为严苛，在父亲的指导下，霍秀峰的临摹越来越得心应手。直到如今，她仍感慨："我从父亲身上学到很重要的一点，就是什么都不能使自己在完成之前停下来，要竭尽全力地画，无论需要多长时间完成，总有足够的热情画完最后一笔。"霍秀峰的书房一直摆着霍熙亮在 50 年代制作的三面凳和画架，她继承了父亲的工具，也继承了父亲的衣钵，一生一世，描摹敦煌。

1956 年，李云鹤响应国家号召准备前往新疆工作，因要送姥爷去当时在文物研究所工作的舅舅霍熙亮家，李云鹤便在

霍熙亮

敦煌逗留了几日，未曾想这一留，便是一辈子。原来常书鸿听说李云鹤要去新疆找工作，便请他留下来在敦煌文物研究所工作，三个月的试用期过后，常书鸿给李云鹤分配的是莫高窟的壁画彩塑修复工作。在当时，国内还没有专门从事壁画彩塑修复的人才和技术，一切都得从零开始慢慢摸索。在不断的探索实践中，李云鹤成为莫高窟第一位修复师。64 年来，李云鹤共修复了 4000 平方米壁画、500 多身彩塑。如今 90 多岁的李云鹤依然坚持在修复一线，经常登上几十米高的架子修复壁画彩塑。他常感叹留给他修复文物的时间不多了。让李云鹤欣慰且自豪的是，在他的影响下，他的儿辈、孙辈也加入了这场与时间赛跑、修复文物的旅程中。1990 年，李云鹤的儿子李波成为敦煌研究院的文物修复师。对于生于敦煌、长于敦煌的李波而言，回到敦煌修壁画是一件再自然不过的事情，"家里有一位修壁画的父亲，这对我的影响是极大的。而且这里是我的故乡，我对敦煌对莫高窟有感情也有责任！"2011 年，李云鹤的孙子李晓洋也加入了文物修复的行列。一开始，李晓洋并不清楚自己能坚持多久，只是抱着试一试的心态，枯燥的文物修复工作也曾使他萌生过退意。李晓洋记得，有一天傍晚，他们结束工作出了洞窟后，爷爷坐在一个石墩上接电话，大漠的余晖打到爷爷脸上，映得他的白色胡碴分外鲜明，看到那一幕，他的心被揪了一下，觉得爷爷是真的老了，自然而然地李晓洋想了更多，"或许把这件事坚持下去，才是爷爷最想看到的"。就这样，他有了再坚持坚持的想法。就这样，加上李云鹤的舅舅辈，他们家已是四代人在为敦煌文物事业奉献！

像这样代代相守的还有关友惠和女儿关晋文一道致力于敦煌壁画描摹，孙儒僩和女儿孙毅华一道致力于敦煌建筑研究，梁尉英和儿子梁旭澍共同致力于敦煌学研究……

4. 不慕繁华，"自投罗网"

来到大漠深处的莫高窟人中，有很多人曾有着显赫的家世，曾接受过良好的教育，曾有着更好的工作，曾有机会离开大漠去大城市，但他们却都"自投罗网"，扎根大漠，深藏功名，默默奉献。

李贞伯与万庚育出身名门望族，是在敦煌相守一辈子的灵魂伴侣。李贞伯出身文化世家，父亲李证刚曾担任国立中央大学文学院院长，是佛学研究大家，也是敦煌学首创人之一，先祖中有两广首富李宜民、诗人李秉礼、收藏家李宗瀚等。李家与徐悲鸿是世交，20世纪30年代，李贞伯在国立中央大学国画系攻读研究生，专攻花鸟画，与徐悲鸿亦师亦友。李贞伯与万庚育曾在同一学校就读，后来又同在北平艺专工作。1948年他们在北京结婚时，徐悲鸿及夫人廖静文、吴作人、李苦禅、

李贞伯、万庚育夫妇

叶浅予、李瑞年、艾中信、王临乙、韦启美等一批艺术名家，在一方写着"李贞伯万庚育结婚纪念""百年好合"的纪念丝帕上留下了亲笔题名。1954 年，岁月静好的生活出现了转折——常书鸿前往北京为莫高窟寻找一位能进行石窟摄影的人才，文化部推荐了李贞伯。常书鸿口中描述的敦煌让李贞伯心动，便携万庚育和三个年幼的儿女远赴敦煌。20 世纪 50 年代的敦煌条件简陋，设备短缺，"半路出家"学摄影的李贞伯孤独地探索着合适的方法，尝试自制轨道，架设相机，早期研究院保存到现在的大量反映艺术临摹、石窟保护、考古发掘、学术研究、重要接待等工作场景，以及春播、秋收、挖渠、发电、修水库等生活场景的照片都是李贞伯拍摄的。除了完成正常的拍摄任务，他还要尽量满足其他同事的要求，大家要临摹壁画，他就去拍照，做成幻灯片，在纸上放到原大，方便大家对照描线。就这样在大漠的风沙中度过一年又一年，几乎没有人知道他曾经的显赫身世，没有人知道他是到敦煌文物研究所工作的第一位研究生，没有人知道他曾经是美术专业出身，大家只记得他是莫高窟那个热心而勤奋的摄影师。

万庚育是徐悲鸿的入室弟子，在中央大学艺术系跟随徐悲

1959 年，万庚育在天梯山石窟临摹壁画

鸿学习国画。她同样有着显赫身世，父亲是有名望的读书人；外祖父张舫曾留学日本东京政法学校，参加孙中山在东京主持创立的中国同盟会任主盟；伯父杨万里同样是同盟会会员，民国时期曾任汉口市市长。到敦煌后，万庚育一头扎进洞子，徜徉在浩如烟海的壁画和彩塑中如痴如醉画了起来，这一画就是半个多世纪，临摹了近百幅敦煌壁画。在临摹的同时，万庚育还兼职做其他工作，负责为所里建立石窟档案，这是一项庞大又细致的工作，她一个洞窟一个洞窟画，一个洞窟一个洞窟记，终于为380多个洞窟建起了档案。至今，当敦煌研究院的同事们看到她用娟秀工整的笔迹记录的档案时，无不为之赞叹！她还撰写发表了《莫高窟、榆林窟的西夏艺术》《谈谈莫高窟早期壁画及装饰性》《敦煌莫高窟第61窟壁画"佛传"之研究》等论文10余篇。退休后，她笔耕不辍，又画出了许多优秀画作，在兰州举办展览，有人要付高价购买她的画，她都一一拒绝："我画画是为了弘扬敦煌，不是为了卖钱。"万庚育于2020年以99岁高龄去世，走得安详平静。生前有记者来采访她，因为中风很久都失语的她听到敦煌竟然开口说话了，当记者问道，来到敦煌后悔吗？老人一字一顿，说得铿锵有力："不后悔，不后悔，因为艺术，艺术！"在场的人无不潜然泪下！

李最雄也是"一遇敦煌误终身"的文物保护"痴人"。20世纪60年代大学毕业后被分配到甘肃省博物馆工作，较早步入文物保护行列。改革开放后，国家对文物事业给予大力支持，省博物馆也非常重视年轻有为的李最雄，让他主持省级文物保护研究实验室，这个实验室在国家支持下建成，设备、技术都是当时一流，在当时文博界小有名气。甘肃是石窟寺保存最多的省份，做文物保护的李最雄认为自己有责任研究解决甘肃石窟风化问题，他长期不懈攻关研究石窟防风化保护材料，历经5年的辛勤工作和大量分析测试研究，发明出了PS-C加固材料，经过大量实验被证明是可以用于石窟加固的有效材料，这项发明获得了国家专利，也为李最雄赢得了国家科技进步奖。

因为对石窟保护的热情，1984年在一次全国壁画会议期间，李最雄去了敦煌，被深深震撼，他觉得自己的所学所研在这里更能发挥作用，于是他毅然决然给时任敦煌研究院院长的段文杰写信，请求去敦煌工作。当时甘肃省博物馆不放人，家人也不理解，但他义无反顾。到敦煌后，段文杰派他去日本学习，学习国外文物保护技术、理念。他在日本不辱使命、不负期待，攻读了文物保护博士研究生，成为国内取得文物保护博士学位第一人。学成之后，原本有更好的工作和选择，但他没有忘记敦煌研究院的嘱托，带着所学回到敦煌。回来后四处奔波，组建敦煌文物保护专业队伍，培养文物保护的青年骨干，带领更多年轻人从事敦煌文物保护工作，许多现今活跃在国内文物保护前沿的中年领军专家都是受李最雄感召并培养成长起来的。在他的带领下敦煌文物科技保护事业迅速发展，与国内外的合作不断拓展，敦煌文物保护技术不仅为有效保护莫高窟发挥了作用，还被推广应用到西藏、新疆、山西、四川等 16 个省份。李最雄还作为敦煌研究院与兰州大学合作的文物保护专业导师，精心培养了数十位硕士、博士研究生，他播撒的文物保护种子如雨后春笋，蓬勃生长。

新时代，风华正茂的大学毕业生大都向往在大城市绘就锦绣人生，但依然有不少青年学子愿意舍弃繁华都市，心甘情愿、"自投罗网"来莫高窟做新时代的"守窟人"。敦煌研究院文献所所长赵晓星当年来敦煌研究院工作可以说是"蓄谋已久"，家在吉林的她兰州大学本科毕业，被保送硕博连读时，毫不犹豫地选择了敦煌学，2007 年博士毕业后，她给敦煌研究院写求职信，同时申报了文献所、考古所、资料中心、办公室四个职位，表示只要同意她去，无论是做研究工作，还是做资料整理工作，或者当文员都可以，总之就是铁了心非去不可。在那个年代，博士毕业生有更多更好的选择，但她就执着地选择敦煌！

她是第一个自愿来敦煌研究院工作的全日制博士。为了挤出更多时间搞研究，她近乎严苛的自律，甚至在休产假期间还坚持研究完成了国家社科基金西部项目《吐蕃统治时期的敦煌密教研究》。80后的赵晓星至今先后主持并完成国家社科基金西部项目、甘肃省社科规划项目、国家文物局文物保护科学和技术研究项目等多个课题，在《文艺研究》《中国藏学》《兰州大学学报》《敦煌研究》等刊物发表论文60余篇，2016年她入选"文化部青年拔尖人才"，是2017—2018年度浙江大学汉藏佛教艺术研究中心"西部之光"访问学者，2020年入选"甘肃省优秀青年文化人才""文化和旅游部优秀专家"。

莫高窟这样的年轻人还有很多，很多……

5. 黄沙埋忠骨，一世未了情

三危山下，宕泉河畔，有一个小山坡是莫高窟人的"八宝山"，这里长眠着"敦煌守护神"常书鸿、"敦煌的开拓者"段文杰等先贤，还有为敦煌文物事业贡献了生命的前辈。

第一位安葬在这里的是毕可，他是中央戏剧学院毕业的高才生，主动要求来敦煌工作。在那不堪回首的年月里，这位"红小鬼"出身的艺术家被打成了"阶级敌人"，送到农场去改造。一年之后，同伴们捧回了一包骨灰土，埋葬在三危山下的沙坡上。风华正茂，壮志未酬，就早早地和他刻骨铭心热爱的敦煌艺术分手了。为了安慰他的英灵，他的亲人、他的学生，从鸣沙山上捡来一颗颗红色的石子，镶嵌在墓砖上面，组成了三个

大字：敦煌魂。

还有李仁章，鲁迅美术学院青年教师。1964年秋天，他带领一批学生从白山黑水来到敦煌实习，这位才华横溢的年轻画家被举世无双的敦煌艺术惊呆了！他如饥似渴地临摹着那些精美绝伦的壁画，他奋力地在千年艺术海洋里遨游，有一天，当他站在高高的脚手架工作的时候，听到我国第一颗原子弹试爆成功的消息，情绪十分激动，一不小心踩空从脚手架上摔了下去，鲜艳的颜料从空中洒下，带着他的一腔爱国热情，像飞天散花一样洒落人间……

长眠于此的还有史苇湘、欧阳琳、李其琼、李贞伯、张学荣、李最雄、孙修身、赵友贤、刘躞、窦占彪、李复等等，每一个名字都和敦煌的事业紧密相连，每一个灵魂都为神圣的艺术丰碑增添了光彩！他们静静地躺在这里，他们的坟墓正对着莫高窟九层楼，他们用这样的方式昭示着：敦煌文化艺术，是他们生死永久的牵挂！用一生追寻还不够，长眠后还要继续守望着莫高窟！

三、勇于担当、爱国尽责的抱负

敦煌研究院自诞生之日起，就始终坚持保护好石窟和周围环境，深入挖掘研究石窟文化艺术价值，以传承利用敦煌石窟文化为己任，守土有责，担当有为。

1. 负千年石窟保护之责

莫高窟彩塑和壁画是由泥土、麦草、木头等十分脆弱的材料制作而成的，千百年来受自然和人为因素影响，一些洞窟坍塌，彩塑倾倒，壁画产生了多种病害，并随时间推移逐渐加重。

70多年前，到莫高窟的第一批前辈们几乎都是学艺术出身，当面对莫高窟满目疮痍、残垣断壁的场景时，他们深深认识到肩负的首要任务是抢救国宝文物！

莫高窟深处戈壁大漠，风沙是文物保护的头号劲敌。长年积累的沙子掩埋洞窟，堵塞栈道；暴露在外的崖体、窟檐因遭受风蚀而坍塌，风蚀、粉尘也会造成壁画磨损褪色。国立敦煌艺术所成立后，面对的首要问题就是治理风沙，对于一批来自鱼米之乡的艺术家来说，治沙完全是外行，他们向敦煌当地的农民学习，用夯土方式修筑了长 1000 多米的土墙，雇来大轱辘牛车，一车车往外拉沙；还探索在崖顶开挖了防沙沟、防沙墙，用来阻挡不断落下的流沙。这些方法起到了一定的保护作用，可是几场大的风沙过后，防沙沟、防沙墙就被填平了，无法有效阻挡肆虐的风沙。到了 20 世纪 60 年代，国家派专门的考察组到敦煌召开现场治沙会议，提出通过建立气象站监测风速、建设沙障、种植草方格等方法来治沙。所里同事按照专家建议从沙坡头运来一火车沙障，又从敦煌本地收购了芦苇草制作沙障，在离窟顶较远的沙丘边缘尝试草方格与木栅栏结合的方式进行治沙，在沙丘前沿进行了碎石压沙，但后来因种种原因这项工作就暂时搁浅了。直到 20 世纪 80 年代，敦煌研究院与中国科学院寒旱所、美国盖蒂保护研究所等国内外机构合作，开展风沙危害性质及其防治的一系列研究工作，通过研究搞清楚了莫高窟风沙移动的原理。90年代后开始全面实施科学治沙，采取了A字形尼龙网栅栏和种植草方格的工程固沙、种植沙生植物的生物固沙、喷洒固沙材料的化学治沙等方式，通过这一系列"组合拳"，到现在莫高窟治沙取得了显著成果，阻挡了80%的风沙入侵。

莫高窟建立在鸣沙山东麓的断崖上，历经千年沧桑，崖面裂隙纵横交错，危岩四处皆是，时刻都有洞窟坍塌引发彩塑壁画遭到毁灭性破坏的危险。考虑到一旦发生不测，将会造成不可弥补的损失，20世纪60年代，敦煌文物研究所向国家请求把莫高窟加固提上议事日程。在周恩来总理的亲自关怀和文化部考察组的指导下，1962—1966年，顺利完成了莫高窟南区崖体的加固工程。加固后的洞窟通道上下衔接，南北贯通，彻底改变了残破坍塌的旧面貌，莫高窟的外观焕然一新。80年代以来，敦煌研究院进一步开展对砂砾岩石窟风化机理研究、砂砾岩石窟岩体裂隙灌浆等研究，搞清楚了砂砾岩风化坍塌原理，研制出了PS喷洒加固材料和方法，对莫高窟北区石窟、榆林窟等石窟依附崖体进行加固，取得了显著效果。

壁画是敦煌石窟艺术的精华，但起甲一直是严重破坏壁画的主要病害，刮风或人在洞窟里走动时，脱落的壁画碎片就会像雪片一样飘下，如果不及时抢修，壁画上大量的信息就会消失。面对这一难题，早期没有方法，没有材料，更没有技术，1957年文化部邀请捷克斯洛伐克专家格拉尔来莫高窟做壁画修复示范，莫高窟文物保护工作者看到格拉尔用针筒注射修复材料、再在壁画上铺好纱布碾压的方式可以有效修复壁画后，深受启发。但格拉尔不肯透露修复材料，他们就尝试用"土办法"自制修复材料，经过多次试验无误后，用于莫高窟壁画的修复。壁画除了起甲，还有酥碱、褪色、空鼓、烟熏等其他病害，改革开放以后敦煌研究院通过与国外专家联合攻关，用了数十年的时间反复研究和试验，终于搞清楚了起甲、地仗层酥碱与颜料层中的有机胶结剂相关，酥碱则与可溶盐和水的作用相关，褪色是与绘画材料中含有铅丹、朱砂等颜料在光照环境下发生变色相关。弄清楚了病害机理后就可以研制相应的修复材料和方法。经过数十年的试验，到现在已形成一套科学的保护理念、保护技术、保护材料、保护程序和保护方法，有效保护了莫高窟大量濒危的壁画。

在科学研究的基础上，2012 年敦煌研究院引入风险管理理论，科学系统分析了敦煌石窟所面临的自然和人为因素，运用监测、数据传输、分析等相关技术，对莫高窟前的宕泉河水文变化、崖顶沙尘、崖体和洞窟振动、地震、开放洞窟微环境变化和游客流量、壁画病害等方面监测技术进行研发和应用，对影响文物本体、遗址载体、洞窟微环境、石窟大环境的自然因素和人为因素进行科学监测，建设起莫高窟监测预警体系，实现了变化可监测、风险可预报、险情可控制、保护可提前，莫高窟的保护从抢救性保护阶段，迈向了科学性保护、预防性保护的新阶段。文物保护技术成果已推广到了全国 16 个省（自治区）的 260 多个勘察设计与施工项目中，提升了我国古代壁画和土遗址保护水平，推动了整个文化遗产保护行业的科学化、规范化进程。

文物安全是文物保护的红线、底线和生命线。莫高窟有一支 100 多人的文物安全保卫队伍。1998 年 6 月，段文杰为保卫处题写了"石窟卫士"四个字，勉励他们履行好文物安全、生产安全、消防安全、治安保卫、风险隐患管控、突发事件应急处置等工作任务，肩负好莫高窟平安无恙这个沉甸甸的责任。2009 年以前，执勤巡逻是保卫莫高窟的主要方式，冬天零下 20 多度的夜间巡逻，瞬间会把人冻成"冰人"，夏天 40 多度的高温能把人的皮肤灼伤起泡，还时常遇到极端的沙尘暴天气……无论多么不利的条件，他们用自己的顽强坚守生动诠释了"石窟卫士"的初心和担当。2009 年，莫高窟实施了较大规模的安防工程建设，对重点部位进行安防设备布设，基本构建了完整的"人防、物防、技防"相结合的安全防范体系。如今，经过不断的探索实践，深度融合物联网、大数据、人工智能、BIM 等新一代信息技术与敦煌研究院安全风险管控体系，相继

石窟文物保护监测中心

实施了莫高窟消防工程和安防升级改造工程等项目，建成联通一院六地的文物安全应急指挥中心和文物安全管理平台，实现了"信息综合、科学研判、协同管理、主动干预"的安全管理新模式，极大地提升了莫高窟安防科技保护水平。

正是一代代莫高窟人的勇于担当、探索奋进、精益求精，用匠心守护国宝，才使得莫高窟从破败不堪到重焕光芒，才能让我们这代人，以及子孙后代都能亲眼欣赏到博大精深、灿烂辉煌的敦煌艺术、国之瑰宝！

2. 担改变"敦煌在中国，敦煌学在国外"之任

20世纪40年代，在资料匮乏的情况下，第一代莫高窟人初步开始了对洞窟的清理、内容调查、勘查考证、洞窟编号和供养人题记抄录工作，对主要洞窟进行了简单测量和绘图，整理了莫高窟窟区土地庙发现的藏经。同时开展了最重要的壁画临摹工作，他们通过临摹逐步开始了对敦煌石窟壁画艺术的研究，在当时艰难的条件下他们所做的工作是有限的，但却开辟了敦煌石窟系统研究之先河，开拓了敦煌学研究的领域，改变了之前敦煌学研究仅限于敦煌藏经洞文献研究的局面。

新中国成立后，大家的研究热情被空前点燃，这一时期也是临摹的黄金期，完成的壁画和彩塑临本数量多、质量高、内容丰富。他们首创了原大、原状整窟临摹，并根据多年的临摹实践，总结、归纳出了三种临摹方法：现状临摹、整理临摹、复原临摹，通过临摹对各个时期敦煌壁画的风格特征进行了探

索研究，在研究的基础上尝试创作新壁画。这些临摹作品在国内外展出，还编辑出版了《敦煌壁画》《敦煌彩塑》《敦煌唐代图案》等图册，对弘扬敦煌艺术发挥了很大作用。

1962年10月，北京大学宿白先生带领樊锦诗、马世长等学生来敦煌实习考察，并在敦煌文物研究所讲授《敦煌七讲》，激发了全所人员的研究热情，打破了多年来以临摹为中心工作的局面。在国家的支持下，敦煌文物研究所增加了考古、历史等方面的专业研究人员，开始在洞窟内容、壁画识读、断代分期、敦煌遗书整理、供养人题记抄录和校勘等方面开展了进一步的调查研究，出版的《莫高窟内容总录》《莫高窟供养人题记》成为研究敦煌石窟必备的基础资料。配合莫高窟南区危崖加固工程，对莫高窟窟前遗址开展了大规模考古发掘及清理工作，完成了《莫高窟窟前殿堂遗址》考古报告。协助武威天梯山石窟完成了壁画搬迁和《天梯山石窟》考古报告。

"文革"后，所内研究队伍青黄不接，更为严峻的是，这一时期国际敦煌学研究方兴未艾，中国大陆却是十年空白。因此，有学者说："敦煌在中国，敦煌学在国外。"这让身处敦煌学研究专业机构的前辈们自尊心深深受挫！但大家清醒地意识到扼腕叹息无济于事，必须抓紧时间，奋起直追，想尽一切办法把研究搞上去。在这个大目标面前，本着"一切从敦煌文物事业出发"的大原则，大家放下个人恩怨，拧成一股劲，团结一心，把注意力集中在事业发展上埋头苦干。史苇湘、贺世哲、施萍婷、李永宁、刘玉权、万庚育、孙修身、孙纪元、樊锦诗、马世长、关友惠等十几位研究人员先后撰写了十余篇高质量的论文，约26万字，这些论文集结为《敦煌研究文集》。这是敦煌文物研究所工作人员积累了30多年的研究心血，是中国敦煌学界沉寂了十多年后的第一部学术专著，犹如严冬过后震撼人心的第一声春雷，激发了整个敦煌学界的研究热情，成为敦煌学研究的新起点。此后，《敦煌莫高窟（五卷本）》《敦煌莫高窟内容总录》等系统研究论著开始出版。

这一时期，国内敦煌学界也奋起直追，自觉开展敦煌学各领域的研究。在这种形势下，段文杰积极争取和倡导，敦煌文物研究所举办了"第一次全国敦煌学学术研讨会"，与"中国敦煌吐鲁番学会"成立大会同期召开，季羡林、饶宗颐、姜伯勤、金维诺等学术大家和青年学者200多人参加了会议。会议不仅发表了大批颇具学术分量的研究论文，也振奋学界，凝聚学者，促使不同机构、不同领域的学者通力合作、协同研究、取长补短、团结奋进，为我中华夺回敦煌学研究中心奏响了号角。

为了能尽快刊布敦煌学研究新成果，促进学术交流，敦煌文物研究所创办了敦煌学研究的专业期刊《敦煌研究》，1983

1983 年第一次全国敦煌学学术研讨会

年正式创刊，1986 年成为季刊定期发行，现已成为敦煌学学术论文发表的专门阵地。

在敦煌研究院和敦煌学界的共同努力下，敦煌学研究步入繁荣发展新阶段，一批又一批各学科研究人员加入敦煌学研究的行列，敦煌学研究的广度和深度不断扩大，敦煌学学科体系不断发展，学术观点、科研方法不断创新。敦煌美术研究方面，对敦煌石窟各时期、各类型的美术作品风格、技法与美学特征等做了总结性研究，还在敦煌建筑、图案、飞天和敦煌美术史、艺术史等方面开展研究，出版了《敦煌石窟美术史：十六国北朝卷》《敦煌艺术大辞典》等；敦煌壁画图像研究方面，发现并考证了一批未知的佛教故事画、经变画等内容，在对壁画内容进行全面研究的基础上，出版了《敦煌石窟全集（26 卷）》等一系列成果；石窟考古方面，对十六国、北朝、隋代、唐代、西夏时期石窟进行了考古分期研究，制定了多卷本《敦煌石窟全集》考古报告编辑出版计划，采用多学科方法，出版了第一卷考古报告。对莫高窟北区进行考古发掘，出版了《莫高窟北区石窟》；敦煌文献研究方面，不仅对敦煌研究院院藏文献进行了系统整理，而且对甘肃藏敦煌文献做了全面修订，出版了《甘肃藏敦煌文献》《敦煌艺术总目索引》《俄藏敦煌文献叙录》等。除上述几个方面外还拓展了新的研究领域，如社会生活、民俗、科技、服饰、音乐、舞蹈等方面的研究，西夏时期密教图像研究，供养人研究，吐蕃时期石窟图像和相关藏文研究，回鹘时期民族历史、文化研究，敦煌与丝绸之路相关研究等等，出版了《敦煌历史地理导论》《敦煌史地新论》《敦煌岁时文化导论》等一系列具有开拓性和广泛影响力的专著、论文，迄今出版学术论著500多种，发表论文3700多篇。

目前，整个敦煌学在世界范围内已形成"敦煌在中国，敦煌学在世界"的研究局面，敦煌研究院也已发展成国际敦煌学研究的最大实体、在国内外具有重要影响力的敦煌学研究基地。

3. 承文化弘扬、服务公众之担

初创基业的前辈们大都是学艺术出身，在残垣断壁、陋屋斗室、缺纸少墨的艰苦条件下，他们未曾忘却来敦煌的目的，是要"艺术救国"，是要发扬东方文化！他们在极其艰难的条件下笔耕不辍，临摹并创作出了一批优秀作品，于1948年在南京、上海举办了"敦煌艺展"，比较全面地介绍了敦煌壁画的丰富内容，得到了社会的高度赞扬。美学家宗白华先生看过展览后，即时写出《略谈敦煌艺术的意义与价值》一文，他在文中写道："天佑中国！在西陲敦煌洞窟里，竟替我们保留了那千年的灿烂遗影，我的艺术史可以重新写了！这次国立敦煌艺术研究所辛苦筹备的艺展，虽不能代替我们必须有一次敦煌之游，而临摹的逼真，已经可以让我们从'一粒沙中窥见一个世界，一朵花中欣赏到一个天国'了。"

新中国成立后，国家希望通过举办各类文化艺术活动展示中华文化的辉煌灿烂，敦煌文物研究所的美术工作者怀着极大的爱国热情和对敦煌艺术的崇敬，先后在北京、上海、天津、沈阳、兰州等地举办了十几次展览，"敦煌艺术展"也成为新中国成立初期中国对外文化交流的品牌，代表国家在印度、缅甸、波兰等国家展出，所到之处无不引起"敦煌热"，受到广泛赞誉。这些展览为弘扬中华文化、促进中外文化交流，也为中国跟诸多国家恢复邦交的"破冰"发挥了重要作用。到今天，敦煌艺术展览已在国内外举办百余次，几乎走遍了国内所有省份，走到 20 多个国家和地区，形成了"敦煌艺术大展""敦煌壁画艺术精品展""敦煌不再遥远""觉色敦煌"等优秀展览品牌，让国内外观众充分领略了敦煌艺术的魅力，提升了中华文化的国际影响力，成为具有广泛美誉度的文化名片。

随着莫高窟知名度越来越高，慕名到莫高窟实地参观的公众也越来越多。1979 年敦煌莫高窟正式对外开放，为满足国内外游客充分欣赏敦煌石窟丰富内容的需求，敦煌文物研究所专门设立了接待部，培养专业的讲解员队伍。历任院领导都很重视讲解工作，段文杰院长给接待部写过一幅勉励讲解员的字："沙弥讲经沙门听，不在年高在性灵。"樊锦诗院长也曾谆谆教导："讲解员的素质决定着遗产价值的展示，要常讲常新，要把

学到的知识融会贯通之后，再给游客讲出来。"按照院里多年的
传统做法，每一位入院的讲解员都要接受好几个月的专业培训，
培训时院里会安排各领域的研究专家将最新的研究成果讲授给
他们，要求他们都做好笔记卡片，认真学习消化相关内容，培
训结束后参加考试，考试合格的讲解员才能上岗，正式为游客
讲解。不光是新入职的讲解员要接受培训，所有的讲解员在每
年旅游淡季都要接受培训，然后重新考核定级，重新核定工资。
研究院还想尽办法将讲解员送到国内外高校进修外语。接待部
的讲解员队伍从最开始的"五朵金花"发展到现在近 300 人，他
们不但熟悉佛教文化和石窟艺术，具有较高的专业素养和业务
水准，大部分人同时还掌握一门外语，除熟练用中文讲解外，
还可提供英、日、法、德、俄、韩 6 种外语讲解，是目前全国
文化遗产地和博物馆系统中人数最多、整体业务素质最过硬的
讲解员团队之一，在全国和全省讲解员大赛中多次获得好名次。
他们始终坚持以高质量的石窟讲解和高标准的游客服务为工作
核心，以讲好敦煌故事、传播中国声音、增强文化自信为使命，
自觉践行"莫高精神"，大力传承敦煌文化。自 1979 年对外开
放以来，共计为 2000 多万中外游客提供了专业的石窟讲解和接

待服务，先后荣获 2018 年度"全国巾帼文明岗"、2019 年度"全国三八红旗集体"、2019 年度"全国工人先锋号"等荣誉称号。

为了加强旅游开放管理，提高游客管理服务水平，敦煌研究院从 2005 年开始开展游客满意度调查研究；制定了一系列有关石窟开放、讲解服务、讲解员行为规范等管理制度，依据洞窟时代、位置、保存状况、可观赏性等要素合理编排多条参观路线。讲解团队还在工作之余编写了《讲解莫高窟》《莫高学堂科普读物系列丛书》等介绍莫高窟的通俗读物，深受游客欢迎。

近年来，公众文化需求日益增长，敦煌研究院进一步探索通过科技化、多元化、多维化的方式满足不同年龄段、不同领域观众的多样化、个性化需求，形成了"博物馆进校园""博物馆之旅——体验的快乐""冬（夏）令营""研学之旅"等多形式的主题项目，推出了面向社会大众的公益讲座平台"敦煌文化驿站"，开发了"念念敦煌""指尖上的敦煌"等公共文创课程，开展了"我是莫高窟'小小讲解员'""'敦煌文化守望者'全球志愿者派遣计划"等一系列活动，以大众喜闻乐见的方式传播敦煌文化艺术，讲述莫高窟人扎根大漠、守护莫高窟的感人故事，进一步增强了社会公众对文化遗产的热爱之情和保护意识。为了更好地满足公众对文化创意产品和文化旅游服务的多元需求，敦煌研究院适时成立了"敦煌莫高窟旅游服务公司""甘肃恒真数字文化科技有限公司""敦煌艺术公司"等文化企业，企业基

接待部讲解员

"小小讲解员"选拔培训活动

于敦煌艺术元素与现代文创理念，开发出了"'一带一路'画敦煌涂色书（系列）"等多种具有敦煌特色的文化创意产品，推出了"莫高学堂"等研学活动；敦煌研究院还通过跨界融合，与亚马逊公司联合推出 Kindle 联名礼盒，与美的集团推出定制款空调等等，携手腾讯举办的"共建数字丝绸之路——古乐重声音乐会"吸引了超过 1000 万人次在线观看，与腾讯公司合作推出"敦煌数字供养人""敦煌诗巾"等项目，总曝光量达 17.5 亿次，总互动量达 339.9 万次；利用新媒体平台策划制作了"敦煌岁时节令""吾爱敦煌"等数字媒体作品。多样化的弘扬重新诠释了敦煌美学，使古老的敦煌文化艺术插上科技的翅膀飞出石窟，让更多人了解了敦煌文化的丰富内涵和多元价值，促进了中华优秀传统文化的传承弘扬，增强了文化自信。

敦煌研究院负责任的文化弘扬受到了游客和社会各界的广泛认可，根据发放的游客调查表的统计显示，97.3% 游客对莫高窟旅游开放模式表示赞同。在巴西召开的世界遗产委员会第 34 届会议对敦煌研究院旅游开放模式给予了这样的高度评价："莫高窟以非凡的远见，展示了有效的遗产地旅游管理方法，以保护遗产地的价值，树立了一个极具意义的典范形象"，并向世界各国世界遗产地传播和分享了莫高窟的经验。

四、开拓进取、求实创新的追求

敦煌研究院虽地处大漠深处，但莫高窟人一直敢为人先、开拓进取，在科学保护、学术研究、文化弘扬发展中填补了一个又一个空白，收获了一个又一个果实，在全国文博行业中起到了文化遗产保护管理的标杆示范作用。

1. 创新文化遗产管理顶层设计

制定首部中国世界文化遗产保护专门法规。20世纪90年代以后，我国社会主义市场经济体制逐步建立，社会上一些人误认为莫高窟也可以进入市场交易，与此同时旅游业发展中，随意改变或破坏文物的现象也常有发生。莫高窟人意识到，在外部环境剧烈变化的情况下，必须有一部专门的法律来做保障。敦煌研究院积极向上级部门提出建议，经过各方讨论大家达成一致，认为解决保护管理的根本手段是制订适合莫高窟实际的专项法规。在征得上级批准后，敦煌研究院立即组织起草了《甘肃敦煌莫高窟保护条例》，于2002年12月7日由甘肃省九届人大常委会第31次会议审改通过，并于2003年3月1日施行。《条例》明确了莫高窟的保护对象、范围；明确规定了文物保护管理机构的职责，保护工作应遵循的方针和原则；也明确规定了政府机关、社会团体和公民在保护莫高窟方面的权利、义务和应承担的责任。这是甘肃省第一部文化遗址保护专项立法，在当时也是中国世界文化遗产保护领域第一部专门法规。《条例》的颁布从根本上改变了以往"保护文物只是文物部门的事"的错误认识，不仅为保护莫高窟发挥了有效作用，而且为甘肃省乃至全国其他石窟寺和大型遗址保护立法提供了参考。

科学制定第一份遗址保护与管理总体规划。1997年，国家文物局联合美国盖蒂保护研究所、澳大利亚遗产委员会和敦煌研究院共同制订《中国文物古迹保护准则》，时任敦煌研究院副院长的樊锦诗代表敦煌研究院参与了《准则》制订。《准则》规定，文物古迹的保护工作"要制定保护规划、实施保护规划"，制订《准则》给了樊锦诗很大启发，按照《准则》所提出的科学制定保护规划的方法、步骤，敦煌研究院启动制定了《敦煌莫高窟保护与管理总体规划（2006—2025）》。《总体规划》根据莫高窟价值与现状评估的结论，针对保护与管理中存在的主要

问题，提出了保护、研究、教育弘扬、文物回归方面的四项总体目标，确定了必要的保护原则，制定了有针对性和可操作性的 14 条具体原则，这些原则说明了为什么要保护、怎样保护、能做什么、不能做什么，用以指导莫高窟各项保护与管理活动。自此，莫高窟的保护管理活动有了科学的指导和依据。《总体规划》获全国优秀城乡规划设计二等奖，也为全国其他遗产地制定文物保护管理规划提供了借鉴。

2. 创新文化遗产保护理念、方法、模式

率先迈上文化遗产保护的国际合作道路。1987 年 11 月，联合国教科文组织世界遗产委员会主席团第十一届会议审议批准，将莫高窟列入世界文化遗产保护名录。联合国教科文组织的文件中指出："莫高窟符合世界文化遗产的第一、二、三、四、五、六全部六类标准，主席团提请中国当局注意，这一文化财产（壁画）面临危险，必须特殊保护。""申遗"让莫高窟人更加清楚地意识到，莫高窟具有全球性的珍贵价值，也让莫高窟人意识到保护好世界文化遗产不仅仅是管理机构的事，也是缔约国的事，更是全人类共同关注的大事。莫高窟人立志要把敦煌莫高窟保护成真正的世界文化遗产管理的典范。当时我国改革开放不满十年，国内对国际合作还持谨慎态度，莫高窟人敢为人先，走上国际合作道路，通过联合国驻华代表泰勒的帮助，1989 年敦煌研究院开始与美国盖蒂保护研究所合作开展莫高窟的保护管理研究，此后逐步扩大到与美国西北大学、美国梅隆基金会、英国伦敦大学、日本大阪大学、澳大利亚遗产委员会等机构合作。从莫高窟窟环境监测到莫高窟窟顶风沙治理，从洞窟的加固方法及其材料研究到壁画保护修复研究，从保护管理总体规划制定到游客承载量研究……通过国内外合作联合攻关，敦煌研究院学习和借鉴了国际文化遗产保护管理的先进理念、先进技术、先进方法，极大提升了敦煌石窟科学保护管理水平，敦煌研究院的文物保护与国际相比，从过去的"跟跑"到"并跑"，现在部分领域已进入了"领跑"阶段。

创新古代壁画保护新理念、新技术、新方法。空鼓、起甲、酥碱是莫高窟壁画最典型的三种病害，莫高窟第 85 窟就是同时患这三种致命病害的"重症病人"，过去主要靠修复师经验，靠自制"土办法"来修复壁画。但面对这么复杂的病症，经验纯熟的修复师也不敢轻易下手，如果能解决第 85 窟的病害问题，其他问题也将迎刃而解。为抢救文物，敦煌研究院的文物保护专家积极应对挑战，同美国盖蒂保护研究所专家共同攻关，通过大量评估、调查、分析、环境监测和反复试验，最终发现莫高窟所依托的崖体中含有大量可溶盐，它们会随着水分和湿度的变化潮解和重新结晶，如此周而复始，盐分不断向壁画地仗层

和颜料层迁移，日积月累，结晶造成的体积膨胀就会对壁画造成伤害。在反复试验后，专家们终于摸索出一种方法——"灌浆脱盐"。为寻找一种适合"灌浆"的材料，用了整整 4 年时间，共试验了 80 多种配方，才最终筛选出"81 号"材料，后来这种材料也广泛地应用于其他洞窟的保护与修复中。第 85 窟从病害攻关到修复前后耗时 8 年时间，遇到了无数困难，但最终不仅使壁画起死回生，而且从中总结出了一整套研究保护病害壁画的科学方法和科学程序，已成为中国壁画保护修复工作所必须遵循的范例。这个项目极大推动了我国壁画保护科学技术的进步，具有里程碑式的意义。敦煌研究院还创新文物保护服务模式，组建了"敦煌研究院文物保护技术服务中心""甘肃莫高窟文化遗产保护设计咨询有限公司"，破解了以往受事业体制局限，无法承接国家文物局和兄弟省区委托我们输出技术服务的难题，有效促进了科研成果转化。

首开文物数字化先河。为实现敦煌石窟的"永久保存、永续利用"，20 世纪 80 年代末，时任敦煌研究院副院长樊锦诗提出建设"数字敦煌"的理念。1989 年甘肃省科委支持敦煌研究院设立了"敦煌壁画的计算机贮存与管理系统的研究"项目，开启

| 敦煌研究院与美国盖蒂保护研究所项目团队合影

数字化现场采集

了敦煌石窟数字档案建设的研制，敦煌研究院在文物界率先开始了壁画数字化的试验。但当时试验的结果并不理想，因为敦煌莫高窟依山而建，因壁而绘，洞窟形状极不规则、壁面凹凸不平，这给数字化摄影造成很大困难，对洞窟采集与摄影平台架设、灯光系统设计等要求非常高，当时的技术还不足以做到这些，但莫高窟人没有放弃，直到 90 年代末，敦煌研究院跟美国梅隆基金会和美国西北大学合作，结合了当时比较先进的数字技术，研发了"多视点拍摄与计算机结合处理"的莫高窟壁画数字化方法，到 2005 年年底，完成了 75 个洞窟的数字化和 5 个洞窟的虚拟漫游。之后，敦煌研究院成立了数字中心，后来发展成文物数字化研究所，专门从事敦煌石窟文物数字化工作，到现在已形成了一整套先进的数字影像采集、色彩校正、数字图片拼接和存贮等敦煌壁画数字化保存技术，完成了 240 多个洞窟的数字化采集。这些数字技术成果已应用于全院的石窟保护、石窟考古、学术研究、美术临摹、对外弘扬等业务领域，形成了一整套的文物数字化采集、拼接、处理等的标准和规范，面向文物行业推广，引领文博行业的数字化发展。

首先开始文物领域"预防性保护"研究实践。文物保护不仅仅"抢救病害"，更要做好"日常保健"，要想方设法做到对文物的"最小干预"，要想尽办法让文物"延年益寿"。基于让敦煌石窟长久保存的长远思考，敦煌研究院率先提出"预防性保护"的理念，首次引入风险管理理论并在莫高窟开展研究与应用，建立了基于风险管理理论模式下的文物保护风险感知、分析、评估、处置的一整套技术体系，成功研发出了我国首个基于风险理论的石窟监测预警体系，应用于我国 7 处世界遗产点监测预警体系的构建，为丝绸之路申报世界文化遗产作出积极贡献的同时，开启了基于风险理论的文化遗产预防性保护管理新模式。

文物保护研究已经进入深水区，传统的实验室只能承载小体量的样品，且温度、湿度变化幅度小，实验时间短，导致实验室数据与真实情况之间存在巨大差异；直接在现场试验，则可能存有一定风险隐患，也受现实条件制约。为更好地搞清楚文物劣化深层次机理，模拟不同条件下的文物变化实景，自 2012 年开始，敦煌研究院正式启动建设国内首个多场耦合实验室，这是文物保护领域第一个模拟自然环境的全仿真大型试验场。2019 年 8 月，多场耦合实验室正式投入运行，实验室占地 1.6 万平方米，分为夏季仓、冬季仓和风雨仓，实验室可以模拟 −30℃ 到 60℃、10% 至 90% 的相对温度和相对湿度，以及风、雨、雪、太阳照射等各种气候条件，可以承载数吨重的大型土遗址样品。多场耦合实验室具有时间可控、变量可控、条件可重复等优点，可为敦煌石窟围岩风化和壁画盐害机理研究，乃至全国石窟与壁画保护研究提供高技术环境仿真试验平台，在最小干预文物本体的条件下，大幅提升保护科研水平，对文化遗产保护基础研究起到了重要作用。

建设科技保护文物领域首个国家级研究平台。中国文物科技保护事业起步较晚，敦煌研究院在土遗址、石窟寺、古代壁画等方面的研究探索走在行业前列。敦煌研究院认识到，必须要将文物保护的视野放眼到全国，搭建国家级的科研平台，吸引更多人才共同攻关文物领域的瓶颈问题，让文物保护的成果惠及更多文化遗产。在敦煌研究院文物保护领头人樊锦诗、李最雄、王旭东、苏伯民等带领下，敦煌研究院在极为艰苦的西部边陲负责组建文物领域的首个国家级研究平台，这需要大量引进人才，同时院里的投入也需要持续加大，很多先进的设备不断购置，各项工作齐头并进，逐渐有了"国家队"的雏形。2004 年，国家文物局依托敦煌研究院组建古代壁画保护国家文物局重点科研基地，成为全国首批三家科研基地之一；2008 年，科技部依托敦煌研究院又组建了文化遗产领域的第一个国家工程技术研究中心——国家古代壁画与土遗址保护工程技术研究中心。这些高水平平台的搭建，使得敦煌研究院不仅能够承担大量国家级科研任务和重大文物保护工程，而且促进了敦煌研究院的文物保护工作全面步入快车道，研究水平和影响力不断提升。通过大量科研与工程实践项目，研发并形成了干旱环境下古代壁画与土遗址保护成套技术，在甘肃敦煌石窟、西藏布达拉宫、河北隆兴寺、内蒙古元上都遗址、山东岱庙、山西云冈石窟等200多项保护工程实践中得到推广应用，抢救了大批濒危珍贵文物，为文物保护事业作出了重要贡献。

3. 搭建敦煌学研究平台，创新研究成果

创办首本敦煌学研究的专业期刊。为了尽快让敦煌学研究的优秀成果有一块专门刊布的阵地，在段文杰的倡导和推动下，敦煌文物研究所开始筹办《敦煌研究》期刊，于1981年和1982年出版了试刊第一期和第二期，在敦煌学界引起了强烈反响。作为主编的段文杰在发刊词中回顾了敦煌学70年的发展历程，提出要以《敦煌研究》作为敦煌学研究的学术园地。1983年，《敦煌研究》正式创刊，从创办之始，就立足敦煌，放眼世界，一方面集本所研究力量，发表新成果和高质量论文；另一方面不局限在敦煌研究院一个单位约稿，而是通过各种渠道，征集国内外一些著名专家学者的成果，使刊物保持了较高学术水准。为保障《敦煌研究》的持续编辑，1982年设立了编辑室，1984年扩大为编辑部，敦煌研究院引进了专业人员从事《敦煌研究》编辑工作，并通过各种途径将他们送出去培养，提升编辑人员

| 《敦煌研究》（合订本）书影

专业水平。学者兼编辑是《敦煌研究》编辑部工作人员的最大特色，编辑部工作人员研究范围涉及敦煌艺术、石窟考古、敦煌历史与文化、敦煌文献等，因为专业出身，促使编辑人员能够从较专业的视角来进行刊物编辑工作，确保《敦煌研究》编辑质量保持在较高的水平。

搭建首个敦煌学研究的会议平台。20 世纪 80 年代初，在全国奋起直追改变"敦煌在中国，敦煌学在国外"的大背景下，越来越多的学者投入敦煌学研究。在学者们的推动下，各地相继成立了一些研究机构和学术团体。在这样的情况下，敦煌文物研究所率先于 1981 年提出拟于 1983 年举办国内第一次敦煌学学术讨论会。这项提议得到了国家文物局和甘肃省的支持。会议筹备组向全国各地敦煌学者发出邀请，不久就收到回复，一些知名学者如季羡林、常任侠、姜亮夫、任继愈等老一辈学者欣然同意撰写论文，参加会议。84 岁高龄的任二北先生在回信中说："这次会议是继承和发扬我国民族文化并为国家争光的大事，对敦煌深入研究，凡我知识分子应奋勇担当，当仁不让。"1983 年 8 月 15 日，全国敦煌学学术讨论会与中国敦煌吐鲁番学会成立大会在兰州宁卧庄宾馆召开，季羡林、饶宗颐、姜伯勤、金维诺等先生和来自全国22个省、市、自治区共200多名学者参加大会。参加会议的代表们将自己的研究成果宣读出来，互相交流切磋，呈现出百花齐放、百家争鸣的学术探讨气氛。此后，又在1987年，由敦煌研究院组织召开了第一届敦煌石窟研究国际讨论会。30多年过去了，这个会议平台一直在持续发力，从刚开始约4年举办一次大型学术研讨会，到目前基本上每年举办一次。2014年，敦煌研究院将这一会议平台注册为"敦煌论坛"，成为敦煌学界很有影响力的常设会议品牌，为凝聚敦煌学界力量，活跃敦煌学研究，促进敦煌学术交流与发展发挥着重要作用。

出版系列敦煌学研究的创新性成果。敦煌研究院作为世界最大的敦煌学研究实体机构，数十年来，凝聚了一大批学者在这里默默耕耘，刊发、出版了大量具有创新性、代表性的重要学术成果。

《敦煌石窟内容总录》和《敦煌莫高窟供养人题记》：自国立敦煌艺术研究所成立之初，就组织工作人员对莫高窟的内容进行调查、记录，1944年李浴完成了《莫高窟各窟内容之调查》（未刊），20世纪40年代史岩完成了《敦煌石室画像题识》，这是最早的莫高窟供养人题记抄录汇集，这些资料为日后石窟内容和供养人题记的调查、研究奠定了基础。20世纪60年代，宿白先生做了《敦煌七讲》后，激起了学者的研究热情，不少学者从临摹转移到洞窟内容研究上，像史苇湘先生，他广泛涉猎

与敦煌石窟相关的历史资料，在很长一段时间里主持敦煌石窟
内容总录的调查和整理，花巨大精力调查和考证每一个洞窟的
主要内容。至 20 世纪七八十年代，在前人研究的基础上，经过
反复复查、校勘、增补，《敦煌石窟内容总录》《敦煌石窟供养
人题记》终于问世，为学术界研究敦煌石窟提供了实用的权威基
础资料。

　　《敦煌研究文集》与《中国石窟·敦煌莫高窟》：《敦煌研究
文集》是"文革"后敦煌文物研究所主编出版的第一本学术论文
集，这本 28 万字的论文集汇集了全所石窟考古、石窟艺术、文
献研究、服饰研究、史地研究等不同领域专家多年的研究成果，
一问世就引起国内外敦煌学专家的惊奇称赞："敦煌文物研究所
学者真是潜龙蛰伏，不鸣则已，一鸣惊人。"《中国石窟·敦煌莫
高窟》五卷本画册也是"文革"后敦煌文物研究所与中国文物出
版社、日本平凡出版社合作出版的一套重要图录，全所专业人
员基本都参与到内容编写、整理图版、撰写论文或说明中，这
是敦煌文物研究所的首次集体创作，为后来的集体协作研究奠
定了很好的基础。

　　《敦煌石窟艺术》（22 卷）。是 20 世纪 90 年代敦煌研究

院与江苏美术出版社合作出版的国内外上第一套以各个时期的代表性洞窟为案例来介绍和研究敦煌石窟艺术的大型图文著作合集。由敦煌研究院老、中、青三代学者共同完成。21世纪初日本文化出版局又从中精选了10本出版了日本版《敦煌石窟艺术》，并获得了亚洲出版协会铜奖。

《敦煌石窟全集》（分专题26卷本）：是1999年敦煌研究院与香港商务印书馆合作编辑的敦煌学系列研究成果，这套书凝聚了几代敦煌学者的重要研究成果，是国内外第一套以专题形式全面系统介绍敦煌石窟的大型图文著作。丛书由总卷部分和佛教、艺术、社会三大类分卷组成，有佛传卷、尊像卷、山水画卷、图案卷、飞天卷、科技卷、服饰卷、交通卷等，图文并茂，兼学术性与观赏性于一体，汇集了当时敦煌石窟研究的最新成果。丛书共26卷，每卷约7万字，图片约200幅。学术界普遍认为，《敦煌石窟全集》（分专题26卷本）的出版，是迄今为止对敦煌石窟最为全面、系统的研究和介绍性丛书，也是一套全面反映敦煌石窟艺术精华的巨著。

《敦煌石窟全集》第一卷《莫高窟第266—275窟考古报告》：系统、科学的考古报告是文化遗产信息的全记录、全档案，在文化遗产逐渐劣化甚至毁灭的情况下可成为修缮乃至复原的依据。由樊锦诗主持，历经17年时间编写的莫高窟考古报告，用文字记录、测绘图、图片等形式全面系统地记录洞窟基本信息，多卷本记录性考古报告《敦煌石窟全集》第一卷《莫高窟第 266—275 窟考古报告》于 2010 年出版，是国内第一本具有科学性和学术性的石窟考古报告。报告综合考古、美术、宗教、测绘、计算机、摄影、化学等人文和自然学科领域的研究成果和技术编纂而成，全面记录了莫高窟彩塑和壁画内容，在洞窟形制、内容和艺术特点等方面提出了新见解；采用三维激光扫描测绘技术和计算机绘图等方法，解决了石窟建筑结构极不规整、彩塑造型复杂的问题，得到了准确的测量数据，实现了石窟考古测绘的新突破；通过图像采集、处理、色彩还原等技术，表现了洞窟结构、彩塑和壁画原件、原塑和原绘及重修、重塑和重绘的细节，遗迹空间和时代关系及制作工艺等，超越了以往的考古报告。采用碳 −14 测年和无损或微损分析技术，得到了准确的壁画制作年代和成分，体现了考古报告的科技含量。报告既是全面、科学、系统的档案资料，也为其他文物保护单位同类考古报告的撰写提供了借鉴。该研究得到了国内外知名学者的认可，先后获得甘肃省哲学社会科学优秀成果奖一等奖和中国社科领域研究最高奖——第七届吴玉章人文社会科学奖。

开创石窟壁画临摹方法，首创原大整窟临摹。临摹是敦煌艺术保护与研究中一项极为重要的工作，在早期没有更好的保护和复制手段的情况下，临摹就是对千年艺术的延续，同时临摹也让古人的艺术造诣得以传承创新。早期临摹壁画还没有标准和要求，画家们面对洞窟中画幅巨大、内容复杂、时代不同的壁画，究竟该怎么临摹，尚无经验。张大千用上等的国画颜料，又直接从壁画上拓印进行临摹；国立敦煌艺术研究所成立之初，常书鸿所长提出临摹两个原则，一是以文物保护为主，杜绝在壁画上直接拷贝；二是量力取材，使临摹效果古色古香，形式完整。临摹不是"依葫芦画瓢"，既要花大量时间，翻阅文献资料，弄懂临摹对象的思想和内容，又要精研不同时代绘画艺术表达的区别与联系，还要分析壁画制作的程序和方法。通过长时间的"面壁写生"，敦煌研究院总结出了三种临摹方法：现状临摹，就是按照壁画间现存残破变色情况，完全如实写生下来；整理临摹，壁画的人物形象、色彩变化等种种方面，都依照壁间现存状况，但残破模糊的地方，在研究基础上，有意识地令其完整清楚；复原临摹，就是恢复原作未变色时清晰完整、色彩绚烂的本来面目。这三种临摹方法一直沿用至今，指导着壁画临摹工作。

自 1952 年起，为全面展示敦煌石窟的艺术风貌，临摹工作由单幅临摹转向整窟临摹，临摹工作也由单兵作战变成集体合作。这样的临摹，没有经验，没有借鉴，更不允许直接从壁画上摹印画稿，大家就自己动手测量画面，一个洞窟最多容纳

二三人，在起稿完成后就采用你进我出、错时进行的方法争取时间，解决了着色时光源不足的问题。两年时间，五六个人通力合作，完成了莫高窟第285窟总面积百余平方米的整窟制作。这些临摹作品到今天已经成为准文物级别的艺术精品。

开展"敦煌岩彩"新壁画创作。敦煌石窟壁画之所以历经千年而依旧色彩绚烂，是因为壁画大部分使用的是矿物颜料。矿物颜料大都不会变色，比如红色有朱砂、铅丹等，绿色有绿松石、石绿等，蓝色有青金石、石青等，白色有石膏、云母等，黑色主要是墨，而且壁画、彩塑还会贴金箔、刷金粉。自20世纪60年代起，敦煌文物研究所的美术工作者们就开始探索使用矿物颜料，并吸收敦煌壁画技法进行绘画创作，代表性成果有《四同图》《猎归图》等。20世纪八九十年代，因为北京新机场壁画的绘制，全国美术界掀起了一场学习敦煌壁画艺术的创作热潮，敦煌研究院美术研究所顺势而为，创作了一些现代壁画。20世纪90年代后，敦煌研究院选送优秀美术工作者去日本研修，他们惊讶地发现，日本人用矿物颜料加新的表现技法、艺术观念，创造了日本画的新样式；日本还继承了金箔、银箔的贴敷、烧制，增加了纸浆、纤维等工艺技法，而这些与中国传统壁画绘制工艺一脉相承。他们学成回来之后，积极探索提出了"敦煌岩彩"的创作理念，一方面研究恢复中国壁画艺术中矿物颜料的使用和中国传统绘画技艺；另一方面，借鉴日本画的贴金箔、腻粉、敷砂等工艺，创作具有东方审美的新壁画。经过多年的探索实践，累计创作出了上百幅表现西北地域自然风光和民族风情的绘画作品。特别是近年来，美术工作者响应国家"一带一路"倡议，创作了多幅表现古代丝绸之路上宗教文化传播、多元文化交流的大型壁画《锦绣丝路》《佛教东传》《丝路文明》等，广受好评。

4. 创新旅游开放模式

首次开展试验确定单日游客最大承载量。莫高窟的洞窟是由古代施主出资建造供家族礼佛的家庙，本不是用来开放参观的。大部分洞窟比较狭小，84% 以上的洞窟面积小于 25 平方米，有些洞窟仅有几平方米，不适宜一二十人同时进入，而过多的游客进入洞窟参观极易损害洞窟中的壁画和彩塑，改变洞窟微环境，对文物保护存在极大的危害。到底游客参观会对文物带来什么样的影响？莫高窟能够承载多少游客来参观？为了解决这些问题，自 2002 年起敦煌研究院和美国盖蒂保护研究所合作开展了"莫高窟游客承载量"研究项目，在全部开放洞窟中安装了监测传感器，对进窟参观游客数量和流量、游客进入洞窟后产生的相对湿度、二氧化碳浓度等各项微环境指标的变化进行实时监测和分析。选择位置相近、空间大小几乎相同的四个洞窟作为试验性洞窟，其中两个为开放洞窟，两个为不开放洞窟，对比观察开放洞窟和不开放洞窟内病害变化情况。多年监测数据的分析结果表明，开放洞窟微环境变化比非开放洞窟幅度大，会导致洞窟文物产生新的病害。为此，保护部门又展开了针对性的游客进洞数量与洞窟微环境变化、壁画病害三者相互关系的研究，经过长时间观测、分析、实验发现，过量游客进入洞窟所引起的洞窟微环境持续变化，会诱发壁画病害的进一步发展。为进一步确定诱发壁画病害发展的洞窟相对湿度、二氧化碳含量等指标的临界值，又经过反复调查评估和模拟实验，发现洞窟的相对湿度超过 62% 时会诱发壁画可溶盐活动，可能导致壁画产生新的病害；二氧化碳含量超过 1500ppm 时，会使窟内空气质量降低，超过人体正常承受能力，可能导致游客产生不适反应。还通过对人均参观占地面积、每批游客参观时间、参观洞窟数量等指标测算，得出只有开放洞窟不小于 13 平方米、每批游客不超过 25 人、单个洞窟游客参观滞留时间不超过 10 分钟、莫高窟的单日游客最大承载量为 3000 人次时，洞窟微环境各项指标才不会超过临界值，这样才可能既保护洞窟文物，又保证游客舒适参观。通过试验，确定了莫高窟日最高承载量数据，为科学做好旅游开放提供了依据。

建设文化遗产领域首个数字展示中心。根据游客承载量试验结果，莫高窟单日游客接待数量为3000人次，但进入21世纪以来，慕名到敦煌莫高窟参观的游客呈井喷式增长，平均每隔两三年来莫高窟的游客人数便增长10万人次，到旅游旺季，游客单日数量一般都在五六千人次以上，特别是暑假和"五一""十一"假期单日数量甚至超过3万人次。到访莫高窟的游客数量远远大于单日最大承载量，不能不让游客参观，也不能让文物受到损害，如何解决好旅游开放与文物保护的矛盾？多年"数字敦煌"的探索与实践给了时任敦煌研究院院长樊锦诗启示，虚拟现实数字技术能毫发毕现地呈现洞窟彩塑壁画，还可以带给观众身临其境的感受，能不能运用数字技术实现窟内文物窟外看，达到既保护洞窟又提升观众参观体验？ 2003年，樊锦诗提出了建设敦煌莫高窟游客服务中心的设想，2008年莫高窟数字展示中心正式开工建设，2014年正式竣工投入使用。

莫高窟数字展示中心的建筑设计，是由中国建筑设计研究院建筑设计大师、中国工程院院士崔恺先生担纲完成的。崔恺院士独具匠心地将敦煌艺术的精美线条和戈壁沙漠的千姿百态融入设计之中，整个建筑宛若"飞天"的裙带，流动的沙丘从大漠中伸展开来，恢宏大气又流畅飘逸，与周围环境和谐相融。建筑内部设计包括游客接待大厅、球幕影院、数字影院、贵宾接待厅及游客购物、餐饮和办公区域等，既为游客提供了舒适

2014 年莫高窟数字展示中心建成

的服务空间，又将四个数字电影厅的空间完美结合，整座建筑占地约 10 万平方米，建筑面积 1.18 万平方米。

　　莫高窟数字展示中心的核心是由两个高清数字影院和两个球幕影院组成的综合展示系统，采用了当时最先进的 8K 球幕系统，LCOS 数字高清影院投影系统。为了高质量地展示莫高窟精美内容，聘请中央电视台纪录片栏目制作人陈建军为节目制作总导演，经过节目组创作人员与敦煌研究院专家学者反复探讨，确定 4K 高清宽银幕主题电影《千年莫高》，从人类文明史的角度看敦煌，用活动的影像呈现敦煌莫高窟延续至今 1600 多年的历史，让观众在实体参观前对敦煌莫高窟的历史背景和营建历程有了基本了解;8K 超高清球幕电影《梦幻佛宫》利用球幕特殊的空间形状，将数字化的精美洞窟壁画借用电影艺术表现手法，以接近真实洞窟的效果呈现。莫高窟参观模式的变革，由过去用 2 个小时只看莫高窟洞窟的单一参观模式，改变为现在观赏 45 分钟数字电影，加 75 分钟洞窟实地参观相结合的复合参观模式。新的模式使游客在莫高窟的参观时间减少了 45 分钟，莫高窟单日游客最大承载量也由 3000 人次增加到 6000 人次。这样既减轻了洞窟压力，又丰富了游客的参观体验，实现了文物保护与开放利用的双赢。

　　70 多年来，莫高窟人以保护为基础、研究为核心、弘扬为目的，铸就了文物领域的"敦煌品牌"，得到国家充分肯定。2018 年 11 月，敦煌研究院荣获国家质量领域最高奖——"中国质量奖"；2020 年 1 月，敦煌研究院文物保护利用群体被授予"时代楷模"称号，同年获得"感动甘肃·陇人骄子"称号。国家和省上的肯定，是对几代莫高窟人坚守大漠、甘于奉献、勇于担当、开拓进取的鞭策激励，促使莫高窟人更加不辱使命、不负荣誉，不忘初心、砥砺奋进。

第四章

莫高窟人的奋斗之源

敦煌研究院 70 多年的发展历程催生了"莫高精神"。"莫高精神"作为莫高窟人的共同意志，在敦煌研究院占据重要的地位，对推动敦煌文化遗产事业蓬勃发展发挥着极其重要的作用，是全世界文化爱好者的情感纽带。

一、一代代莫高窟人薪火相传的精神支柱

　　在敦煌文化遗产事业的发展历程中，"莫高精神"把具有共同理想的莫高窟人紧紧地凝聚在一起，使他们产生了对莫高窟难以舍弃、难以分开的情怀。不管一生坚守敦煌还是曾经短暂驻足，这种情怀都深深地根植于他们内心，使他们对"莫高窟人"这一称号产生了强烈的认同感和自豪感。这种情怀从最初的自发到现在的自觉自愿，并随着敦煌文物事业的发展愈发增强。70多年来，敦煌研究院能克服诸多困境和难题，把敦煌石窟保护、研究、弘扬事业持续推向前进，得益于这种根植在莫高窟人内心深处的共同体意识，这就是"莫高精神"作用的真实体现。

1. 众人受到召唤

在风沙淹没石窟、崖体坍塌、塑像倾倒、壁画病害严重的严酷现实面前，一代代莫高窟人选择了坚守，几十年艰苦创业的历程成为"莫高精神"形成的坚实基础。在艰苦离乱中，他们始终将石窟保护事业放在第一位，将家庭和个人放在第二位，以"舍身饲虎"的精神，不畏艰难，勠力前行，将这一精神代代传递，生生不息，薪火相传。

工匠出身的窦占彪、李云鹤等前辈，他们没有接受过高等教育，但凭着对敦煌文物保护事业的热爱，凭着不懈的努力和超常的悟性，在实践中不断学习、苦心孤诣、孜孜钻研保护修复方法和技艺，在早期的文物保护修复中作出了很大贡献。已90多岁高龄的李云鹤至今还奋战在文物保护修复一线，为了延续和传承长年积累的专业技能与实践经验，他带领、鼓励更多年轻人从事保护修复工作，并将自己的经验和知识毫无保留地传授后学，而这种老工匠般的"传、帮、带"模式，在敦煌研究院特别是文物保护团队中从未间断。

李最雄是敦煌石窟科技保护当之无愧的开拓者和领路人，从事石窟壁画及土遗址保护研究、工程管理工作55年，长期坚

李云鹤

持在文物保护一线，主持完成了40余项古代壁画和土遗址保护重大科研项目和国内外合作项目。

20世纪80年代，时任敦煌研究院院长的段文杰考虑到敦煌保护人才力量薄弱的境况，四处招揽人才。李最雄毛遂自荐调入敦煌研究院，到院里的第一件事就是组建敦煌研究院文物保护团队。王旭东、苏伯民、汪万福、陈港泉等目前活跃在国内文物保护战线上的领军专家都是李最雄求贤若渴、想方设法招募来的。在他的带领和感召下，敦煌文物保护团队由原来的不到十人发展为现在百余人。

李最雄勤奋执着，做事坚持不懈。2005年他带领敦煌研究院保护团队一道开展丝绸之路新疆段文物保护项目——交河故城抢险加固工程。工程难度特别大，有人开始踌躇不前，然而在李最雄眼里"难了，更有挑战性"，年近60岁的李最雄带头在40℃的高温下跑现场，最终圆满完成了这个项目。在西藏三大重点文物布达拉宫、萨迦寺、罗布林卡壁画修复项目实施期间，李最雄作为项目总负责人，先后18次带队去拉萨、萨迦及阿里地区工作，进行空鼓病害灌浆修复加固，抢救了近6000平方米的壁画，因长期在高原工作他罹患心脏重病，别人劝他注意身体，他就只是笑笑说等西藏的心事了了。文物保护是探索性工作，很多时候会出现不满意试验结果，但是从来没有看到他因失败而挫败，他总是持续做、反复做，直到试验结果满意为止。正是在李最雄这种从不言弃的精气神的支撑下，敦煌研究院保护团队经过多年现场试验和工程实践，研发出一整套针对文物病害的修复工艺和技术方法。

李最雄既热爱工作，又热爱生活。同事们回忆起和他一起在榆林窟工作的时候，荒郊野岭，没有电话，白天干活时间过得快，但晚上没有任何娱乐活动，时间就比较难打发了。为了给大家丰富业余生活，李最雄买来录音机，放着磁带教大家跳交谊舞。如今再去榆林窟时，大家时常会想起那段和李最雄一起度过的艰苦而快乐的时光。同事们眼里的李最雄做事井井有条，不仅把自己家收拾得干干净净，出差住宾馆也非常讲究，每天早起后总是把房间收拾得整整齐齐，这种习惯早已潜移默化传承给了下一代人。

李最雄总是鼓励年轻人尽快成长，敢于放手让年轻人去"一试身手"。在他的带领和感召下，敦煌的文物保护队伍搭建起来了，一批批人才成长起来了，中国古代壁画和土遗址保护事业也越来越辉煌。对后学而言，李最雄如师如父，在生活和工作上都给他们树立了好榜样。他对国家文化遗产保护的赤子之心和远见卓识，扎实的学术素养和关爱后学、提携青年的开阔胸襟，深深感染着后来的石窟保护工作者。王旭东也将这种求贤

李最雄

若渴、爱惜人才的传统延续下来。

郭青林就是王旭东去兰州大学招揽的人才。当时郭青林还在读大三，王旭东亲自到宿舍找郭青林谈话。他推心置腹地告诉郭青林，虽然敦煌的生活条件非常艰苦，却是一个干事创业的好地方，文物保护工作是异常神圣的；他鼓励郭青林不要担心业务工作，自己去敦煌时也不太懂文物保护，都是在实际工作中慢慢学的。他们聊得很投缘。在王旭东的鼓励下，郭青林决定到莫高窟工作。

类似的经历也发生在赵林毅、裴强强、杨善龙、武发思等新一代石窟保护工作者身上，他们同样受到前辈们的感召和关爱，先后进入了敦煌研究院，在前辈的悉心指导下，逐步入门并不断提高，最终成长为敦煌石窟保护事业的中坚力量。

保护团队是如此，研究团队是如此，弘扬团队等其他团队也是如此，一代代的莫高窟前辈用自己的言传身教，使得一代代新的莫高窟人"朝圣"而来，弦歌不断，生生不息，愿意倾其所能、用毕生心血去保护和呵护这份遗产。

2. 身已动，心未远

敦煌定若远，一信动经年。70多年的发展历程中，很多人将守望敦煌作为一生的使命，也有一些人因为各种原因迫不得已离开，但无论走到哪里，热爱敦煌的种子深埋在他们的心田，生根发芽，花开各地。

李浴是中国著名的美术史论家、美术教育家和敦煌学者，

1944 年 3 月在老师常书鸿的邀请下来到敦煌，开始从事壁画临摹和石窟调查研究等方面的工作，先后整理出《敦煌千佛洞各窟现状调查简明表》《莫高窟艺术志》《敦煌石刻考续编》等成果。虽然这些成果没有公开出版，但相关内容在新中国成立后被写在每一个洞窟的说明牌上，一直沿用到 60 年代，发挥了很好的作用。1946 年年初，因为家庭的原因李浴不得不调离。临行前常书鸿与他约定，会继续给他发一段时间工资，条件是让他在回程的路上对安西榆林窟、天水麦积山石窟、洛阳龙门石窟和巩县石窟等进行考察并撰写调查报告。李浴虽已到新的工作单位，但坚守承诺，历时几年后如约寄回了几个石窟的调查报告。后来李浴任职于东北鲁迅文艺学院（后鲁迅美术学院），教授美术史、素描、水彩画、艺术概论、敦煌艺术等课程，影响了一批学生和老师。毕可、李仁章就是鲁迅美术学院毕业，受李浴的熏陶和影响来敦煌工作的。1957 年李浴出版了《中国美术史纲》，是新中国成立后最早的美术史专著之一；1981 年出版的《西方美术史纲》是新中国成立后由中国学者撰写的第一部介绍西方美术的专著，这些都与他早期在国立敦煌艺术研究所从事临摹和研究工作有直接的关系。

在敦煌的两年，李浴深刻体会到石窟坚守工作的不易，也被老师常书鸿锲而不舍、不慕繁华的精神所感染，他从未停止对石窟艺术的研究。饮水思源，他与常书鸿、段文杰、霍熙亮、史苇湘等前辈长期保持书信往来，惦念敦煌研究院的发展。80年代初，敦煌研究院跟高校联系较少，研究所想培养自己的摄影人才，李浴热情帮助、积极协调，吴健、盛岩海等职工被送至鲁迅美术学校进修，就是他牵的线。吴健、盛岩海在进修期间，李浴像亲人一样，关心他们的学习和生活，经常叫他们到家里小聚，还时常询问敦煌研究院的情况。

潘絜兹是我国当代工笔重彩画大师、著名美术理论家。1945年到国立敦煌艺术研究所从事敦煌壁画的临摹工作，虽然待的时间不久，但在敦煌临摹壁画的这段经历，对他的事业具有里程碑的意义。不仅他后来的绘画风格、壁画造型及色彩深受莫高窟艺术风格的影响，而且当时国立敦煌艺术研究所在艰难时期开展石窟保护的行为和努力，在人文精神层面对他也是一个启示，让他坚定了用另外一种方式去守望莫高窟的信念和理想。他勤于理论研究，笔耕不辍，是一位学者型的画家，在深入研究的基础上进行敦煌壁画的临摹，又在这些针对性临摹的基础上进行艺术理论研究，著有《敦煌莫高窟艺术》《敦煌的故事》《敦煌服饰资料选》《接受敦煌艺术遗产》《九色鹿》等著作，先后创作了《石窟艺术的创作者》《三危圣光》《石窟献艺》《佛光普照》《石窟魔影》《人神之间》《艺传万代》等有关敦煌的

潘絜兹、古越创作的中国画《鸣沙百骏图》

组画。这些是他70年苦心钻研敦煌艺术的总结，是对敦煌艺术重新认识和定位、发扬光大其人文艺术精神的高屋建瓴的概括，凝聚着他对敦煌深沉的热爱和对曾经这段经历的怀念。他在翔实资料的基础上，以现实主义与浪漫主义相结合的艺术手法，力求浓缩地表现出莫高窟的艰苦创建、历史遭遇、文化遗产的学术价值、敦煌艺术的未来展望等丰富内容，始终围绕的一个中心思想那就是弘扬优秀民族文化，发扬莫高窟人在异常艰难条件下创造艺术奇迹的伟大精神，以及歌颂他们乐道敬业无私奉献的高尚情操。

共同的精神追求能够把人们的思想和意志紧紧地凝聚在一起，为了实现共同的目标同舟共济、团结奋斗。"莫高精神"无疑就是这样一种精神追求，在敦煌这片充满正能量的土地上，莫高窟人将这种精神内化于心、外化于行，影响着社会各界，不论身在何处，心中的热爱始终如一，一往无前。

二、推动敦煌石窟事业发展的动力源泉

"莫高精神"是敦煌研究院在 70 多年的发展历程和历史锤炼中养成的自己独特的文化品性和精神品质。敦煌研究院的前身国立敦煌艺术研究所作为国内第一个石窟文物保护单位,在近代国家优秀文化遗产遭遇外盗劫掠、风沙侵蚀、濒临毁灭的悲惨命运时,第一代莫高窟人放弃相对优越的生活条件,怀着民族大义,毅然决然千里远赴,以高度的主动性和自觉性挺身而出,担负起保护敦煌石窟的重任。在国内尚无石窟文物保护相关经验和技术的前提下,在极端恶劣的环境下,莫高窟人"摸着石头过河",孜孜矻矻,探索出了一套科学理念和保护技术,形成了一整套完整的保护体系;在面对"敦煌在国内、敦煌学在国外"的困境时，莫高窟人创办期刊、建立学术平台，加大研究力度，取得了丰硕的成果；在面对石窟保护和文化弘扬的矛盾时，莫高窟人开拓进取，创新旅游开放新模式。每临关键时刻，莫高窟人总是在"莫高精神"的指引和激励下，敬业、勤业、精业、乐业，在不同的岗位上攻坚克难，甘于奉献，勇于担当，敢为人先，与时俱进。

1. "莫高精神"激励干部职工敬业

"80后"程亮从2005年就开始跟着樊锦诗院长工作，是受樊锦诗院长影响最深的年轻人之一。为了适应樊院长雷厉风行、一丝不苟、亲力亲为的工作方式，多年来他习惯了早上六七点上班，中午不休息，晚上一两点下班的高强度工作。特别是在他担任敦煌研究院办公室主任的这些年，国家和省上各级领导部门安排工作都找他，协调事情也找他，千条线一根针，工作是千头万绪，他经常在同一时间统筹处理着多项事务，且件件有落实，基本无失误。时间排不过来，他就白天协调处理庞杂的事务性工作，晚上撰写修改各种文字材料，遇上重大活动或节会，经常工作到深夜。2019年他术后刚出院没几天，有重要工作任务，上级部门不知道他术后未愈，一天几个电话安排工作，因担心电话接转会耽误大事，他毫不犹豫带病回单位坚持工作，确保了重要工作任务没有出现任何纰漏，但因执行任务过程中情况紧急他带伤快跑了一段，导致病情反复，不得不再次住院。行政管理工作千头万绪，没有什么轰轰烈烈的事迹和

出类拔萃的业绩，难得的是他多少年持之以恒，一丝不苟，任劳任怨。

　　1981 年，李萍通过招考成为一名莫高窟的讲解员，面对莫高窟这座蕴含了宗教、艺术、历史、哲学、美术、音乐、建筑等丰富内容的文化艺术宝库，如何讲好，对讲解员的要求非常高。李萍苦练基本功，几十年来她走遍了莫高窟的每一个洞窟，洞窟里的每一尊彩塑、每一处壁画内容对她而言都仿佛镌刻在心里，信手拈来，脱口而出。每一次的讲述，她总是全身心地投入，讲得绘声绘色、栩栩如生，使那些壁画中的场景都鲜活灵动起来，观众也一次次地被她的讲解所感动、震撼。1988 年，李萍被选派到日本神户大学学习，那时出国留学是热潮，在神户大学的很多中国留学生毕业后都选择留在国外，但是李萍始终牵挂着敦煌的事业，珍惜敦煌研究院为年轻人争取来的难得学习机会，牢记老先生们寄予自己的殷切期望，当其他留学生忙着找工作、找对象、想方设法留在日本时，李萍抱着为敦煌文化做好外语翻译的决心，把自己的全部精力都放在了学日语上。学成归来后，李萍不仅用所学提升了日语讲解水平，还用极大的毅力完成了百余万字的《犍陀罗艺术寻踪》《涅槃和弥勒图像学》的翻译，她成为讲解员中第一位取得研究员职称的佼佼者。

敦煌研究院文物保护技术服务中心的杨韬长期奋战在文物保护和修复工作一线，同事们都称他为老杨。1989年3月，他来到敦煌研究院，先后跟随李云鹤、李最雄、段修业等前辈学习土遗址保护和壁画修复，一干就是大半辈子。30多年来，他参加了敦煌研究院承接的多个文物保护和修复项目，莫高窟、榆林窟、东千佛洞、布达拉宫、萨迦寺、罗布林卡等多处土遗址保护和壁画修复现场都留下了他的身影。2017年，敦煌研究院承接了瓜州县东千佛洞保护修复工程项目，老杨和他的团队一头扎进洞窟，起早贪黑，勤恳工作。项目组的年轻人别说看电视了，连打个电话都得爬到山顶上才能捕捉到时有时无的信号。处在与外界没有任何联系的"孤岛"中几个月不能回家，一周才能去六七十公里外的瓜州县锁阳城镇采购一次食物、洗一次澡，而这样的生活持续了两年。有一次，去拉水的拖拉机坏在了十几公里外的戈壁滩上，没有水做饭，十几个人饿了一整天，到晚上实在没办法，就把发电用的柴油机里的冷却水放出来，做了一顿拌汤充饥，第二天队员们打嗝都冒出一股柴油味儿。像这样的项目施工点还不算最艰苦的，老杨他们在青海瞿昙寺和过稀泥灌过墙，抓过草鼠养过猪；在榆林窟三伏天割过麦子打过场，冰天雪地挖过渠；在西夏陵受过风吹日晒、蚊虫叮咬以及蛇的惊吓；在海拔五千多米的唐古拉山顶上推过车；

在布达拉宫搬过架杆扛过架板；在武山水帘洞爬过六七十米高的架子，遇见过山上飞石掉落的危险；在三门峡补过千年的土车轮，修过千年的马骨……而最让他心有余悸的，当属在青海玉树藏娘佛塔及桑周寺开展修复工作的那段经历。这处古遗址位于青海省玉树州的通天河畔，海拔3700多米，而且气候相当恶劣，没电没信号，烧牛粪做饭，没有卫生间，甚至晚上经常会被趴在被子上的老鼠吓醒。这些都还可以坚持。最可怕的就是这里的路，三天两头就会山体滑坡，虽然备有生活车，但路经常不通，遇到巨石断路，那就得十天半月与世隔绝，吃的饭菜都要节约，每次车拉着大家出去，他都提着一颗心，生怕遇到落石砸到人、路断了进不来等意外情况。老杨在总结这些年的工作时说："作为一名文物修复工作者、干的都是上对得起祖先，下对得起后人的良心工程。"

2. "莫高精神"激励干部职工勤业

杨富学对回鹘历史文化情有独钟，30多年来一直致力于回鹘文以及与之相关的学科课题的研究，1988年在北京参加学术会议时与段文杰院长的邂逅，促使他怀着满腔的热忱和憧憬最终选择了敦煌。在这之前，他在新疆大学攻读硕士研究生，在专业课程之外努力学习维吾尔语。1989 年到敦煌研究院工作后，他开始系统研究回鹘文文献，为了追根溯源，弄清回鹘文献中有关梵文佛经的内容，1991—1993 年，受敦煌研究院派遣，杨富学去印度德里大学和英迪拉·甘地国立艺术中心专门学习梵文和佛教，1999 年他又考入兰州大学攻读敦煌学博士学位，博士学位论文就是《回鹘文献和回鹘文化》。2002 年博士毕业后他又去北京大学东方文学研究中心从事博士后研究，完成《印度宗教文化与回鹘民间文学》。回顾自己的学术生涯，杨富学不无感慨地说："作为研究人员，我认为自己是非常幸运的，始终围绕着自己喜爱的专业展开工作，回鹘研究最重要的资料无疑是回鹘文和汉文，但波斯文、阿拉伯文、吐蕃文、蒙古文文献，都对回鹘有所记载，不可忽略。我认为学术要专，但不能只攻其一，不及其余，那样的'专'其实未必就是真的专。探讨学术问题要专，但知识面要宽。看似纷杂的学术问题一旦成为一种体系，就如草蛇灰线、伏脉千里，只要研究方法和角度得当，势必会迸发出许多新的学科成果。"经过多年的努力，杨富学在回鹘历史研究方面取得了丰硕的成果，在与之相关的北方民族史、中外关系史、古代宗教史等方面也颇有建树。他先后主持完成国家社科基金重大项目、国家社科基金重点项目、国家社科基金一般项目、教育部人文社会科学重点研究基地项目等近 20项，发表论文 400 余篇，序跋评论 60 余篇，译文 120 余篇，出版《沙州回鹘及其文献》《回鹘之佛教》《回鹘文献与回鹘文

化》《印度宗教文化与回鹘民间文学》《回鹘摩尼教研究》《回鹘文佛教文献研究》等学术著作 30 余种，主编《中国西北宗教文献》《中国北方古代民族历史文化丛书》《中国敦煌学百年文库》《丝绸之路历史文化研究书系》等大型丛书多部。

"爱我所选"最符合杜鹃与莫高窟的缘，2005 年来到莫高窟，对她来说不仅是一种选择，更是一种放弃，放弃本来的艺术梦想，从此与敦煌紧紧锁定在一起。担任敦煌研究院融媒体中心副主任后，她创新敦煌文化艺术传播手段与方法，让敦煌文化走进寻常百姓的日常生活，与更多人进行"跨越时空的对话"。近几年杜鹃带领团队不断突破"舒适圈"，在深入挖掘敦煌文化时代价值的基础上，通过图文、短视频、漫画、直播等传播形式，推出系列化、多元化、高质量的数字创意文化产品。在自主内容创作方面，通过官方自媒体平台推出《敦煌岁时节令》《吾爱敦煌》《和光敦煌》《字在敦煌》等数字品牌内容，其中《敦煌岁时节令》获得国家新闻出版署"数字出版精品遴选推荐计划，2019 年度入围项目"以及"百佳数字出版精品项目献礼建党百年专栏"。 2020 年推出"一院六地"等多场直播活动，《一事一生·一人一窟》等系列短视频，积极引领"云展览"传播业态。除此之外，她还与腾讯等科技企业共同探索敦煌 × 腾讯、敦煌 × 华为等多项合作，相继推出敦煌"数字供养人""敦煌诗巾""云游敦煌"小程序等数字创意传播项目，其中"云游敦煌"小程序荣获 2020 年度中华文物全媒体传播精品（新媒体）推介项目。因为她与团队的耕耘，敦煌正在以更年轻、更具活力的形象为大众所关注和喜爱。"如果你年轻时来过敦煌，敦煌将一直与你同在"，杜鹃的时间和精力早已被如何更好传播弘扬敦煌占满，每每深夜里她亮起台灯的瞬间，心中总会生起无限光明。

计算机专业出身的俞天秀，2005 年从兰州交通大学毕业时，也只是抱着试试看的态度来到敦煌研究院工作。初到莫高窟的他，只是干些电脑系统维护之类的工作，对敦煌文物的数字化基本上还没什么概念，2006 年敦煌研究院成立数字中心以后，他开始接触图像处理工作，并逐步开始文物数字化研究。他勤于钻研，善于思考，看到旅游旺季游客在售票处要排好几个小时长队才能买到票，他就尝试用计算机编程的办法来摆脱这一困境，经过反复测试，他开发出了莫高窟游客预约系统，这个系统于 2007 年上线，是文博领域的第一个线上预约系统。同时，他凭借着自己的勤奋和努力不断优化石窟壁画数字化方法，引入了壁画定位纠正技术，设计开发了敦煌石窟数据无差错传输校验软件，参与制定了多项文物行业标准，参与研发了"数字敦煌"资源库设计，在繁忙工作的同时他还刻苦学习，取得了硕士学位，并正在攻读博士学位。他先后承担多项国家和省部级研究课题，还被浙江大学工程师学院聘为工程硕士（计算机技术领域）研究生校外导师，"西部之光"访问学者。

像这样勤奋的人在敦煌研究院还有许多，可以说是"莫高精神"在新一代莫高窟人身上的具体体现，他们踏实肯干、勤于钻研、敢于实践，在文化遗产保护、研究、弘扬诸多领域都取得了优异的成绩，他们在为文化遗产事业奋斗奉献的过程中也实现了自己的人生价值。

3. "莫高精神"激励干部职工精业

做好一件事，既要一锤一敲的努力，日复一日的坚持，更要一点一滴的创造，一跬一步的进取，从而达到不断精进，从优秀走向卓越。李云鹤60多年来始终对文物工作心存敬畏，他深知文物本体非常脆弱，文物保护修复需要至臻至精，他是国内石窟整体异地搬迁复原成功的第一人。1975年，李云鹤创造性地对第220窟甬道上层壁画进行了整体剥取、搬迁、复原，并且完好无损地把剥取的壁画续接在唐代壁画的旁边，从而使两个历史时期的壁画展现在同一个平面上，供学者研究、游人观看，令人惊叹。他也是国内运用金属骨架修复保护壁画获得成功的第一人。1991 年李云鹤主持修复青海乐都瞿昙寺壁画时，他将地仗层与墙体整体剥取，把原修复材料切割成马赛克大小的方块"疏筋""松绑"，再精确调整平整度、精准拼对壁画接缝、背泥 1 厘米加固地仗层，最后完整地把壁画整体挂上金属骨架固定在墙体上，成功解决了既往文物保护中材料选择不当造成壁画卷曲的问题。他更是国内原位整体揭取复原大面积壁画获得成功的第一人。1994—1995 年他主持青海塔尔寺壁画修复时，创造性地采取壁画整体剥取、原位固定、砌好墙体后再平贴回去的高难度修复技法，完工后，寺院住持走进大殿疑惑地说："壁画没有修吗……"李云鹤开心地笑了："我太喜欢您这句话了，这是对我们文物修复保护工作的最高褒奖！"

20 世纪 80 年代，吴健一到敦煌研究院就从事文物摄影工作。那时摄影是一个令人羡慕的工作，但吴健却十分迷茫。当时经常有人说，文物摄影不就是照相吗，是人家研究工作的一个依附，难以称其为艺术，怎么能跟艺术相比？ 1989 年吴健从天津工艺美术学院深造归来，当他拿起相机再次面对壮美的莫高窟时，一切变得不一样了，千年静默，窟里的佛陀含笑不语，他决心以专业知识和专业视角去研究和寻找自己眼中的敦煌，最美的敦煌。为了拍摄第 158 窟的涅槃卧佛，吴健沉下心来观察，一次次从头看到脚，再从脚看到头，其间不断学习历史、美术等相关知识，研究壁画背后的故事。经过千百次的尝试，花了 9 年时间，他终于捕捉到了那束静谧安详的光，吴健心中的角角落落也似乎被照亮，沉淀千年的莫高气质终于被定格在快门按下的瞬间。从那以后，吴健开启了用镜头与石窟对话的精彩摄影人生，2018 年，吴健积累了二三十年的作品——组图《西风东渐·佛影重现》获第十二届中国摄影金像奖，其中就有这张第 158 窟卧佛照片，这张照片也成了莫高窟对外展览时出镜率最高的照片之一。石窟里光影变幻，石窟外岁月如梭，他曾经的迷茫和焦虑都已经在时光中被打磨成了沉稳和平和，他的摄影也不再是附庸和配角，他用他独特的视角和追求完美的执着，为研究工作作了生动的注解，更成为数字展示中心和"数字敦煌"的"核芯"。

1984 年杭州大学历史系毕业前夕读到的一篇报道，改变了王惠民一生的命运。那篇报道是介绍敦煌文物研究所施萍婷的，涉及施老师所从事的工作、工作的片段和生活的环境。也许是冥冥中受某种力量的吸引，王惠民随即就给施萍婷写信，恳请到敦煌工作。在敦煌文物研究所求贤若渴、大学生寥寥无几的年代，他的这一请求马上得到回应。毕业后，王惠民就从"上有天堂，下有苏杭"的西湖边坐着绿皮火车一路辗转颠簸至敦煌，在施萍婷老师、贺世哲老师的指导下，从事敦煌石窟佛教图像与敦煌文献研究。1996年他师从中山大学姜伯勤教授攻读博士学位，毕业后仍然回到敦煌。他说虽然当初抱着谋生的想法来到敦煌，但他一直找寻让常书鸿、施萍婷等杭州人，让段文杰、史苇湘、李其琼等四川人，让上海人樊锦诗等离开自己相对优越的环境而选择一生坚守大漠的理由。王惠民勤奋努力，刻苦钻研，只要在敦煌的日子，他几乎每天都要坚持上洞窟，莫高窟1700米崖面的上上下下、492个洞窟的里里外外都不止一次地留下了他的身影，洞窟里的每一幅壁画、每一个角落都曾留下他充满怜惜与探索的眼神。寒来暑往，至2021年王惠民已经在敦煌工作了37年，有时候过年过节都不回家，他喜欢给人讲洞窟，讲得兴致勃勃、眉飞色舞。他对石窟的热爱浓缩在他磨破过的鞋、拎破过的包、用坏过的手电筒里。他是莫高窟上洞窟最多的学者，没有之一，也是与莫高窟对话最多的那个人。他治学严谨，"文章是写给老师和朋友看的"，他以此鞭策自己，每篇文章写好后总是一遍遍地修改，告诫自己要对得起老师和朋友。30多年来，他主持国家重大课题、教育部人文社科重点项目多项，发表《敦煌321窟、74窟十轮经变考释》《吐蕃长度单位"箭"考》等论文110多篇，出版《敦煌佛教图像研究》《敦

煌历史与佛教文化》《敦煌佛教与石窟营建》等专著 8 部。莫高窟他看了 30 多年，研究了 30 多年，1000 年石窟的营建史他信手拈来，45000 平方米的壁画他如数家珍，是新一代洞窟内容的"活字典"。

4. "莫高精神"激励干部职工乐业

孔子说："知之者不如好之者，好之者不如乐之者。"雕塑家何鄂临摹莫高窟第 194 窟天王像时，发现天王像一般都是怒目圆睁的可怕形象，而此窟却有一身笑天王。何鄂在临摹过程中，处处领略着唐代雕塑家的艺术造诣，情绪亢奋，总想把自己的愉悦与人分享。一次，她逮着一个路过第 194 窟上洞子工作的同事，硬是讲了那尊天王的面部："分开来看，哪一点都不美，小眼睛、小鼻子、小嘴，而且'五官集中'，但是整体看，他的眼睛、鼻子、嘴甚至眉毛、胡子都在笑，'五官集中'正是笑的结果"，何鄂自问自答地说："笑都是眯着眼笑，你见过有瞪大眼睛笑的吗？妙就妙在恰到好处，通过面部表情刻画出了'会心的笑'。"何鄂的情绪感染了这位外行同事，他看到天王在笑，何鄂在笑。

彭金章来敦煌之前，到莫高窟无论参观还是考察的人大都只去遍布精美壁画的南区洞窟，而北区从未进行过整体的考古清理发掘工作。北区洞窟大都没有壁画，没有窟门，连编号都不全，仅仅被认为是画师、塑匠、僧人的生活区域，至于其中有什么内涵、有什么价值无人知晓。1988年彭金章选择了"不受待见"的北区开展考古研究工作，开始在"考古的沙漠"中苦行。这项工作非常复杂艰苦，从1988年到1995年，他带领团队进行了6次大规模发掘，由于北区的洞窟没有门，里面的沙土都是成百上千年积累下来的，那些发掘清理的日子，彭金章像一个民工一样，每天回家都是一身土，7年里他筛遍了北区的每一寸沙土，确定了北区崖面现存洞窟248个，使莫高窟现存洞窟总数增至735个，发掘出一枚波斯银币、48枚回鹘文的木活字，以及木经书残片、泥佛等7万余件文物。同时揭示了北区石窟是由具有多方面功能的洞窟组成：供僧众居住生活的僧房窟、供僧人修禅的禅窟、储存生活物品的廪窟、埋葬僧人灵骨的瘗窟，它与南区一起构成完整的莫高窟石窟群。北区石窟的考古发掘，被认为是开辟了敦煌学研究新领域，他每次谈起北区考古就眉飞色舞、滔滔不绝，完全忘记了发掘时的辛苦，那份甘之如饴的快乐溢于言表！

彭金章

朱子曾言："阳光发处，金石可透；精神一到，何事不可成？"漫漫黄沙中的敦煌文物事业能取得令世人瞩目的成绩，是"莫高精神"赋予莫高窟人敬业、勤业、精业、乐业等优秀品质铸就的，这种精神作为力量的源泉，将引领莫高窟人不断推动敦煌文化遗产事业迈上一个又一个新台阶。

三、连接敦煌与各界的情感纽带

敦煌石窟艺术是中国传统文化的代表，是中华民族智慧的结晶，也是全世界人民的共同财富，她的艺术魅力深深吸引着世界的目光，莫高窟人凝心聚力，甘居大漠，共同致力敦煌文物事业持续发展的精神，不仅激励和鼓舞着一代代的莫高窟人，也感召和团结了国内外社会各界有识之士、爱心人士与莫高窟人一道共同守望敦煌。

1. "一衣带水"的情谊

1958 年，敦煌文物研究所在日本东京举办"中国敦煌艺术展"，日本著名画家平山郁夫去看了展览，感慨道："莫高窟是开在沙漠上的艺术之花，是人类文明历史的珍贵遗产。我们通过这些壁画临摹品，可以看到敦煌文物研究所的画家们，在十分艰苦的条件下，克服困难，坚持工作，在作品中倾注了他们全部心血和智慧。"这次展览使平山郁夫与敦煌缔结了一生不解的情缘。

平山郁夫在少年时代经历了惨绝人寰的第二次世界大战，他是广岛原子弹爆炸后的幸存者，因为对战争灾难的亲身体会，他一生坚定地奉行和平主义，倡导文化交流，通过保护文化遗产促进和平。1979 年平山郁夫第一次来到敦煌参观，赞叹敦煌艺术"超越时代、超越国境、超越所有价值观"。"山川异域，风月同天"，由于被敦煌艺术所感染和倾倒，由于被常书鸿、段文杰为代表的敦煌学者终身坚守、奉献牺牲精神所感动，他下定决心要帮助敦煌人做点事，为保护敦煌石窟和为研究院培养专业人才积极奔走，不懈努力。

他多次向日本政要介绍保护世界文化遗产莫高窟的重大意义，曾陪同段文杰院长谒见日本前首相中曾根康弘，1988 年他又陪同时任日本首相的竹下登访问敦煌，最终促成日本政府无偿援助十亿日元建设敦煌石窟文物保护研究陈列中心。陈列中心于 1994 年落成，以其雅致的建筑、完善的功能和精彩的陈列，为古老的敦煌增添了新亮点，为展示和保护莫高窟发挥了积极作用。他还于 1988 年成立了日本文化财保护振兴财团，用"红十字精神"抢救濒危人类遗产，文化财团先后给敦煌研究院捐赠大量价值不菲的实验设备、图书资料等，并援建基础设施。从 20 世纪 80 年代中期开始，日本文化财保护振兴财团每

平山郁夫

"平山郁夫的丝路世界——平山郁夫丝绸之路美术馆文物展"
在敦煌研究院陈列中心举办

年资助 2 名敦煌研究院学者到东京艺术大学访学、研修，这项活动一直延续至今，已持续 30 余年。尤其令人感动的是，1989年平山郁夫将个人举办画展的全部收入 2 亿日元捐赠给敦煌研究院，研究院用这笔善款成立了"中国敦煌石窟保护研究基金会"，资助了一大批敦煌文物保护、研究、出版、会议、数字化、国际交流、人才培养等项目，为推动敦煌文物事业的发展发挥了积极作用。平山郁夫一生热爱敦煌，因他而缔结的日本文化艺术界与敦煌研究院的深情厚谊，是中日友好的一个缩影。

2. 漂洋过海的牵挂

回顾敦煌研究院数十年的保护历程，最让莫高窟人衷心铭记的外国援助机构是美国盖蒂保护研究所。为保护脆弱多病的莫高窟，在联合国教科文组织的协助下，自 1989 年开始至今30 多年间，美国盖蒂研究所与敦煌研究院合作开展了莫高窟环境监测、风沙防治、壁画颜色监测、薄顶洞窟加固、《敦煌莫高窟保护总体规划》编制及莫高窟游客承载量研究等一系列重大项目，这些项目不但破解了莫高窟保护本身的诸多难题，还总结出一整套既符合国际惯例又适合中国国情的先进壁画保护理念和遗址管理方法。盖蒂保护研究所在全世界做过不少技术难度上具有挑战性的项目，但敦煌项目是国际上公认的最成功的、也是延续时间最长的。30 余年间，双方合作为保护莫高窟作出了重大贡献，取得了丰硕的成果，也缔结了深厚的友谊和难解的敦煌情缘。

美方合作项目的"统帅"是内维尔·阿根纽，在莫高窟很少有人称他"阿根纽"，都亲切地称他为"老阿"。"老阿"1988年第一次到敦煌考察项目，1989 年合作保护研究项目启动后，他成了敦煌的"常客"，每年都会来两三次，每次大概都要待上一个月的时间，召开若干次工作交流会。他喜欢跟樊锦诗和她带领的团队打交道，这个团队身上的朴实无华、勤奋敬业让他觉得和他们在一起工作是非常愉快的事情，他总打趣说："按中国的属相，我和樊锦诗院长都属虎，'一山不容二虎'，我们两个老虎在一起经常吵架，然后就快乐聊天、继续合作。"在他看来，位于丝绸之路上的敦煌莫高窟，见证了东西方文明交流的过去，而保护莫高窟是一项继往开来的事业，敦煌文物保护研究值得继续努力，他愿意为之付出。

敦煌研究院与盖蒂保护研究所合作了 30 多年，阿根纽也为敦煌辛勤付出了 30 多年，他以卓越的远见看到人才对敦煌研究院建立科学的石窟保护体系具有重要作用，曾饱含深情地对敦煌研究院的文物保护工作者说："我们总有一天要离开莫高窟，但你们将会一直留在这里。莫高窟的保护全靠你们了。"在他的倡导下，通过项目培养、选送学者赴美国盖蒂保护研究所深造

等方式，培养起了一支专业的敦煌文物保护团队，多年后，我方团队中有人因为各种原因离开了敦煌，但曾说要离开的阿根纽却一直留了下来。

1998年起，美国梅隆基金会开始协助敦煌研究院与美国西北大学合作开展"敦煌壁画计算机存储与再现关键技术攻关项目"，利用数码摄影设备和技术，对莫高窟壁画进行数字化的采集和存储，当时对方的联络人是李培德（Petter Little）。李培德热心敦煌文物事业，多次带领美国的文化爱好者和热心人士来敦煌考察，他经常这样跟带来的客人介绍敦煌研究院这个群体："他们知识渊博、思想开放，最重要的是他们与众不同，极其朴素，别的地方的人都在讲'money'，但他们却只说做事！"在他的介绍和影响下，许多热心人士慷慨解囊，资助敦煌石窟保护事业。

国际知名艺术史专家、曾任美国耶鲁大学美术馆和西雅图美术馆馆长的倪密·盖茨就是李培德介绍来敦煌的，她也非常热爱中国文化艺术，曾多次来中国考察。2010年是她生平第一次来到敦煌，当她进入莫高窟时，精美的艺术让她无比震撼，她这样描述当时的感受："我感到全身震颤，这股力量使我的肢体

倪密·盖茨

都失去了知觉，敦煌绝对是世界上独一无二的顶级艺术圣地。"
从此敦煌便成了她魂牵梦绕的地方。后来她多次到访敦煌，在
不断加深对敦煌石窟艺术理解的同时，她也亲身体验了敦煌研
究院工作人员是如何生活和工作的。当她看到敦煌研究院的保
护工程，特别是治沙工程时感动不已，"谁也不能想象一个小小
的文物单位，可以在如此艰苦的环境下与浩瀚的沙漠进行顽强
的对抗，而且这一对抗就是 20 年，并取得这样显著的效果！"
在感动之余，面对敦煌这样伟大的世界文化遗产，倪密·盖茨
萌生了强烈的要帮助敦煌、为敦煌做点什么的想法。回国后她
与李培德到处奔走呼吁，开始了在美国募集资金保护敦煌的募
捐事业，并向美国国家税务局申请成立了旨在专门保护敦煌石
窟的非营利公益组织——美国敦煌基金会。梅隆基金会前主席、
美国普林斯顿大学前校长威廉·保文，著名金融家、投资人唐骝
千，雅虎创始人杨致远等都加入美国敦煌基金会的工作中。数
年来他们积极宣传敦煌，组织慈善募捐活动，带领美国友好人
士来敦煌考察，到现在，募集到几百万美元的善款，资助莫高
窟数字展示中心球幕电影制作，资助访问学者到敦煌研究院教
授职工学习英语，资助学术考察交流，组织举办壁画保护研究

生培训班等各项活动，他们的赤诚热心让莫高窟人深受感动和钦佩。

3. 袍泽同心的义举

香港文化学者李美贤对敦煌一往情深，但当初却非一见钟情。李美贤第一次到莫高窟是 20 世纪 90 年代，那时候莫高窟在她印象中漂亮是漂亮，但不过是她旅途中的一个景点，看完了也就完了。之后她又去了两次，但依旧没有太深印象，她说自己那时"还没开眼"。一次偶然的机会香港的朋友们让她讲讲敦煌，一向做事认真的李美贤便开始研究敦煌，她查阅大量有关丝绸之路、敦煌石窟的资料，试图要"立体地讲解莫高窟，不只讲艺术，还讲保护、讲历史、讲人，讲他们一辈子就做了一件事，一件事就是与毁灭抗争、让莫高窟保存得长久一些再长久一些的精神"，她也因此被感动了，从此深深地爱上了敦煌。

再去莫高窟的时候已经是 2010 年，这一年 8 月，敦煌研究院为香港著名学者、敦煌学研究大家饶宗颐举行 95 岁寿辰庆祝活动，当时香港有 300 多人到场参加，现场提出成立非营利公益团体"香港敦煌之友"的提议，11 月，这一组织正式成立，旨在为莫高窟的保护筹募经费，李美贤与余志明、李焯芬、纪文凤等有识之士加入这一团体。那时，李美贤成了半路出家的"讲解员"，每次她都会带一个不超过 20 人的香港团队参观莫高窟，她会充分考虑团队成员的职业特点、知识结构等因素做足功课，行囊总是沉甸甸的，装有大量的资料、图片甚至还有一方小黑板，以便在车上给团队讲的时候写写画画；她要求自己带来的客人进洞窟必须戴口罩，以减少二氧化碳对壁画造成的影响；她的讲解可以在粤语、英语、普通话间自由转换，哪种语言最贴切就用哪种语言。李美贤这位编外讲解员每年数次往来于香港与敦煌之间，每次不只进洞窟看彩塑壁画，还会去常书鸿、段文杰、樊锦诗等人的旧居，上窟顶看治沙工程，看洞窟温度湿度监测系统等等。她经常接连几天带领团队在洞窟里里外外、崖顶上上下下忘情讲解，有时忘了喝水忘了吃饭，她会分享那些年、那些人的生活点滴、可贵精神和用整个生命去无私奉献的故事，会将这些故事刻成光盘，复制若干份送人，当讲到"当年樊院长把哇哇哭的孩子绑在炕上，以免摔下炕，然后自己去洞窟"的时候，她眼角泛起泪花，经常让在场的人为之动容。尽管常常被敦煌感动，李美贤却不喜欢用"感动"这个词，她说："感动不是永久的，这是感性的，还要理性。"莫高窟的旅游在她眼里，很有品位。她说："旅游不是色彩缤纷，不是熙熙攘攘，这里的人们踏实、朴素，值得学习。"

　　香港与敦煌，隔山隔海，却难隔这位文化学者的敦煌情怀。10余年间，李美贤踏足敦煌30多次，目前她和敦煌之友的有识之士们四处奔波，已筹得几千万港币，用在敦煌资料数字化、支持学生前往敦煌做义工及举行讲座推广敦煌文化，资助敦煌研究院学者赴外国考察交流、资助人才培养等。多年帮助敦煌的过程中，他们直观而深刻地感受到了"莫高精神"，认为："这种精神，引我们反思，促我们成长，让我们更深层次地认识到，我们作为一个独立个体和社会个人的职责和意义，这种精神，让我们更珍惜和感恩如今的生活，并成为一种支撑和前行的力量。"

现在，越来越多热爱敦煌文化的人士一道加入守护莫高窟的行列，2017年上海交通大学邀请敦煌研究院专家去做讲座，当听到一代代莫高窟人守望敦煌的故事，现场的老师、学员都感佩至深，一项"敦煌文化守望者"全球志愿者派遣计划因此产生。该项目致力于长年定期在全球范围内招募、选拔、培训文化志愿者前往敦煌，参与各项文化保护与传承的志愿者服务工作，至今已开展2期，每期选拔10名来自不同领域以及不同年龄段的"敦煌文化守望者"来敦煌，从事洞窟讲解等志愿活动。首期文化守望者、就读于上海交通大学的研究生谢焕说出了志愿者们的心声："我们也要如樊锦诗先生一样，守住内心的热爱和执着，做一名大漠上的'守望者'，诠释出属于自己的青春色彩。"守望者们离开敦煌后，还继续致力于敦煌文化的弘扬工作，他们立志要向更多的人传播敦煌之美，让千年文明绽放时代新光。

　　像这样的国际、国内组织和个人还有很多：1984年邵逸夫捐款1000万港币，为石窟安装了金属窟门、在洞窟中安装玻璃屏风；1998年徐子望捐款200万元用于榆林窟的保护和开发工程；2013年饶宗颐捐款600万元为敦煌研究院新建了文物数字化研究所科研楼；同年网易CEO丁磊捐赠300万元启动"网易游戏敦煌保护基金"，千百度总裁李伟捐赠200万元用于藏经洞出土文献的数字化；2020年国强公益基金会捐赠900万元用于榆林窟保护展示设施建设……

　　敦煌文化艺术是中华民族乃至世界共同的财富和遗产，保护和弘扬千年文化遗产，需要敦煌研究院和社会各界的共同努力，"众人拾柴火焰高"，社会各界的帮助对敦煌文化的保护、研究、弘扬起到了实质性的推动和促进作用，殷殷之情莫高窟人将铭记于心，并激励莫高窟人继续不遗余力、不负众望发展好敦煌文物事业。

第五章

莫高窟人的奋斗价值

习近平总书记考察敦煌研究院重要讲话中，专门对"莫高精神"16个字"坚守大漠、甘于奉献、勇于担当、开拓进取"的内涵予以强调，这不仅是习近平总书记对"莫高精神"和莫高窟人的肯定，也是期望莫高窟人勇担重任，守护好千年文化瑰宝，努力把"敦煌研究院建设成为世界文化遗产保护的典范和敦煌学研究的高地"，更是习近平总书记对莫高窟人在新时代承担新使命、新担当、新价值的新要求。莫高窟人的奋斗价值和秉承的"莫高精神"，起源于敦煌莫高窟，具有行业区域特点，但其时代价值决不局限于时间、地域空间和行业类别，从文博、区域、社会和国家四个层面都具有一定的价值。

一、从文博层面看莫高窟人的奋斗价值

1. 是做好新时代文物工作生生不息的精神源泉和持久动力

党的十八大以来，以习近平同志为核心的党中央立足实现中华民族伟大复兴的战略全局，将文物事业改革发展摆在十分重要的位置，进行战略谋划、全面部署、统筹推进，有力推动了石窟寺抢救保护、考古研究、展示利用等工作，取得明显成效。敦煌研究院作为全国文博行业的一个标杆，在一代代莫高窟人的奋斗下，创造了非凡的、公认的文物人所特有的价值理念，可以说，在"莫高精神"的引领下，敦煌研究院70多年的工作成绩就是我国文博工作的一个缩影。2019年10月12日，国家文物局在中国国家博物馆举办"莫高精神"宣讲报告会时，时任国家文物局党组书记、局长刘玉珠强调："'莫高精神'是广大文博工作者的共同精神财富，是做好新时代文物工作生生不息的精神源泉和持久动力。"2012年，国家文物局曾组织召开了"文博行业精神"表述语专家研讨会，与会专家认为，"文博行业精神"要表达出对我国历史文化遗产的敬畏之心，要反映出守护民族精神家园，珍爱文博，不离不弃，把文化遗产传承给子孙后代的行业特质和精神内涵，以获得广泛社会认同，"莫高精神"完全符合这些要求。更为重要的是，一代代莫高窟人表现出来的经年累月的坚守、默默无闻的奉献、心无旁骛的钻研、精益求精的匠心等优秀品质，正是新时代文物工作所需要的，是广大文博工作者的共同特质。中国特色社会主义进入新时代，虽然文物工作依然面临石窟寺文物安全风险高、保护基础薄弱、系统考古研究不足，价值发掘阐释和展示利用水平不高等问题，但文物事业也迎来重大发展机遇，各级必须弘扬践行"莫高精神"，将其融入文物保护利用改革实践，扎根于文化遗产保护传承，坚定信心、奋力拼搏，无愧历史文化遗产保护的时代使命和历史责任。

2. 是广大文博工作者的共同精神财富

"莫高精神"不仅是莫高窟人的精神支柱，也是广大文博工作者的共同精神财富。70 多年来，我国文物事业的发展，挥洒着一代代文博人孜孜不倦、辛勤工作的汗水，记录着文博工作者保护文化遗产、守望精神家园的足迹。在文物考古、保护研究、陈列展览等专业领域，广大文博工作者长期坚守本职、默默耕耘，锻铸、凝结了令人敬佩的优秀品质。莫高窟人身上展现的精神和气质，就是文博行业优良传统的代表，弘扬"莫高精神"就是继承、弘扬文博工作的职业操守和传统作风。

习近平总书记在中共中央政治局第二十三次集体学习时的重要讲话中指出，"要积极培养壮大考古队伍，让更多年轻人热爱、投身考古事业，让考古事业后继有人、人才辈出"。习近平总书记的讲话让考古学界深感振奋，越来越多的年轻人出于热爱，选择考古作为自己的学业与事业，走上了与前辈们一样的探索之路。2020 年湖南女孩钟芳蓉以 676 分报考北京大学考古专业，钟芳蓉在接受媒体采访时表示，之所以选择考古专业是受到敦煌研究院名誉院长樊锦诗先生的影响，就是鲜明的例证。像这样受到莫高窟人奋斗历程影响的年轻人还有很多。

二、从区域层面看莫高窟人的奋斗价值

1．"莫高精神"与"甘肃精神"一脉相承，是"甘肃精神"在敦煌研究院的具体体现

敦煌是世界的、中国的，更是甘肃的骄傲，敦煌研究院作为甘肃省直管的综合性研究型事业单位，多年来，深居大漠，砥砺奋进，凝结形成了"莫高精神"。"莫高精神"的产生受到甘肃革命精神影响，其肌体里有"甘肃精神"的基因，与"甘肃精神"一脉相承。

2007年，《甘肃省第十一次党代会报告》提出，在长期同严酷自然环境的不屈抗争中，在革命、建设和改革发展的伟大实践中，造就了陇原儿女独特的精神风貌，形成了以"人一之、我十之，人十之、我百之"为核心

的"甘肃精神"。2022年,《甘肃省第十四次党代会报告》再次对"甘肃精神"进行表述:在历史长河中,我们脚下这片土地,积淀了"人一之、我十之,人十之、我百之"的"甘肃精神",孕育了勤奋质朴、吃苦耐劳、坚忍执着、百折不挠的陇人品格,支撑着陇原儿女战天斗地、生生不息,激励着甘肃人民改变家乡面貌、创造幸福生活。

"甘肃精神"是陇原大地上各个地方具体精神的总概括,不仅具有艰苦奋斗、不畏困难、崇尚实干、不甘落后、坚韧不拔、顽强拼搏、锲而不舍、奋发有为等丰富内涵,更具有在艰难的环境下,不惧困苦、实事求是、下定决心、科学决策、不惜付出巨大牺牲和努力,坚决完成目标任务的精神内涵。"莫高精神"里蕴含的坚守大漠、矢志笃行的情怀,甘于奉献、舍家忘我的品格,勇于担当、爱国尽责的抱负,开拓进取、求实创新的追求,都是"甘肃精神"的具体体现,与"甘肃精神"一脉相传。

一代代莫高窟人为了保护世界文化遗产莫高窟,坚守在沙漠,十几年、几十年,克

QianNian GuiBao
ShouHuRen
mogaokuren de fendou licheng

服环境的苦、离家的苦……怀着对党、对祖国的无限忠诚，舍小家为大家，热爱文物事业，把青春年华和毕生的精力都无私奉献给了莫高窟，为文化遗产保护、研究、弘扬事业的发展作出了突出贡献。

传承弘扬"甘肃精神"和"莫高精神"，需要同学习贯彻党的二十大精神、甘肃省第十四次党代会精神结合起来，唱响社会主义核心价值观主旋律，弘扬"敦煌研究院文物保护利用群体莫高精神，提升人民思想道德素养和社会文明程度"。在中华民族进入全面建设社会主义现代化新征程的历史阶段，弘扬"莫高精神"必须汇入弘扬以伟大建党精神为源头的中国共产党人精神谱系洪流中，增强文化自信自强，为铸就社会主义文化新辉煌贡献力量。

2. 有助于推进社会主义现代化幸福美好新甘肃建设

在很多人眼中，甘肃比较贫穷落后。甘肃要发展，要前进，要跟上全国现代化建设的步伐，离不开发展的动力，其动力就是精神支撑。从全省来看，脱贫攻坚取得了全面胜利，实现了与全国一道全面建成小康社会的目标，但对表对标习近平总书记"富民兴陇"的指示要求，总体发展水平与人民群众对美好生活的新期望、建设幸福美好新甘肃还有不小差距。全省要努力跟上全国现代化进程，加快缩小与全国的差距，这是一项艰巨的历史任务，不是一朝一夕能完成的，需要动员和凝聚全省人民的力量，需要精神的力量去支撑、鞭策、激励。敦煌研究院就是在没有可借鉴、可复制的文物保护经验的基础上，一步一步从最基础做起，取得了一些文物保护利用的成绩。这些成绩的取得就是在"莫高精神"的指引下，不断凝心聚力、探索创新而取得的。甘肃经济发展同样也需要各级组织和党员干部发扬"甘肃精神""莫高精神"，沿着习近平总书记给甘肃指引的发展方向，抢抓历史机遇，重新整装再出发，继续艰苦创业，激发使命担当，靠勤劳的品质和不屈不挠的韧劲，一届跟着一届干，一步一个脚印，共同建设幸福美好新甘肃、开创富民兴陇新局面。

3. 有助于推进甘肃文化旅游强省战略

"丝绸之路三千里，华夏文明八千年"，这是甘肃历史悠久、文化厚重的生动写照，也是对甘肃历史文化地位和特色的最好诠释。甘肃是文化大省，古老的丝绸之路在甘肃境内蜿蜒1600 余公里，是中华民族和华夏文明的重要发祥地、中国旅游标志铜奔马的故乡、丝绸之路黄金段和枢纽地带、丝绸之路文化与黄河文化的交汇地、陕甘边区的重要组成部分和红军长征的主要途经地、会师地。甘肃文化旅游资源丰富、类型多样，被誉为"华夏文明的发源地、自然奇观的博物馆、民族风情的大观园、品质旅游的目的地"，现有敦煌莫高窟、麦积山石窟、嘉峪关关城等世界文化遗产 7 处，丝路文化、始祖文化、黄河文化、敦煌文化等文化在此交融互鉴。2017 年甘肃被国际权威旅游指南《孤独星球》评选为亚洲十大最佳旅游地第一名，跻身《纽约时报》"2018 全球必去的 52 个目的地"榜单。

《甘肃省十四次党代会报告》指出，我们既要代代守护、薪火相传，也要紧跟时代、推陈出新，让文化成为最富魅力、最吸引人、最具辨识度的甘肃标识。在走深走实"一带一路"的新形势下，甘肃应该最有底气、最有优势、最有责任走好新时代的丝绸之路，理应在文化旅游产业发展上大有作为，因为甘肃有丰富的资源，文化旅游资源富集度全国第五，而且知名度和影响力都非常高。甘肃必须把丰富的资源优势转化为文化繁荣发展的强势，跳出甘肃、纵观全国、放眼全球，甘肃文旅产业发展任重而道远。莫高窟人坚持开拓创新的精神，推出的文物数字化、莫高窟旅游开放新模式、大数据中心建设、搭建国际化学术交流平台、打造"文化 + 艺术 + 科技"融合的智慧文旅体系，使文化遗产"活了"起来，也为文化遗产保护利用提供了源源不断的动力。这些成功的事例对于甘肃推进文化旅游事业发展具有很强的指导意义，当前，甘肃要抓住"一带一路"建设的最大机遇，推进文化旅游强省，更需要把改革创新作为建设文化旅游强省的第一动力，创新体制机制，创新商业模式，创新人才队伍建设，创新政策保障机制，特别是要坚持文化、旅游与科技的深度融合，推进文化产业数字化战略，推动互联网、大数据、人工智能等同文化产业深度融合，培育新技术、新产品、新业态、新模式。

三、从社会层面看莫高窟人的奋斗价值

1. 体现了社会主义核心价值观的基本要求

社会主义核心价值观中，"富强、民主、文明、和谐，自由、平等、公正、法治，爱国、敬业、诚信、友善"的内容，大都可以在"莫高精神"中找到关联，"莫高精神"充分满足了社会主义核心价值观各个层面的要求。如在公民个人道德层面，"莫高精神"中的坚守大漠，就是爱国的体现，几代莫高窟人矢志笃行，不但保护了伟大的世界文化遗产敦煌莫高窟，还承担了西藏、宁夏、河北、山西等多个地区的保护修复项目；敦煌研究院在美国、英国等 20 多个国家和地区举办敦煌艺术展览，弘扬中华优秀传统文化。"莫高精神"中的甘于奉献，就是一种敬业的精神，就是莫高窟人勇于担当历史使命的现实表现。可以说，"莫高精神"体现了文博工作者崇高的境界，是莫高窟人做好文物事业的精神面貌，集中体现了以爱国主义为核心的民族精神和以改革创新为核心的时代精神，体现了文博工作者的心理特征、文化传统、精神风貌和价值取向，"莫高精神"是社会主义核心价值观的具体体现。

2. 是教育引导党员干部职工担当作为的现实需要

习近平总书记要求党员干部要"对党忠诚、个人干净、敢于担当"。对党忠诚是党员干部的政治品格，个人干净是党员干部做人的底线，敢于担当是党员干部的职业素质。以常书鸿、段文杰、樊锦诗为代表的一代代莫高窟人深刻践行不同时期对党员干部的要求，他们在不同时期始终坚定一个信念，那就是跟着共产党走，他们之所以长期坚守、奉献，是因为他们受到了党的培养教育，养成了勇于担当的精神品格。

在中国共产党百年带领下，伴随着巨大经济成就的取得，我们的物质生活条件相对于过去发生了翻天覆地的变化，在这种情况下，党员领导干部能否继续秉持艰苦奋斗、不骄不躁的优良传统，能否坚守共产党员的精神家园，能否为实现"为中国人民谋幸福，为中华民族谋复兴"的初心使命勇于担当，是对党员干部的考验。近些年来，少数党员干部队伍中确实还存在着工作作风不实、思想作风不纯、生活作风不正、精神懈怠等问题，也有一部分党员干部世界观、人生观、价值观存在偏

差，长此以往，势必对党在人民心中的位置产生影响。针对这些情况，党中央开展了党的群众路线教育实践活动、"两学一做"学习教育、"不忘初心、牢记使命"主题教育以及党史学习教育，其目的就是纯正党风政风，引导和教育广大党员干部担当尽责。而"莫高精神"囊括了做人、做事、做学问的方方面面，集中体现了莫高窟人的精神品质，尤其是对保护和弘扬中华优秀传统文化的使命担当、保护世界文化遗产的伟大担当。弘扬"莫高精神"，不仅有助于纠正当下一些人"思想缺钙、精神萎靡、作风不实"的问题，更加有助于号召广大党员干部坚定理想信念，对党忠诚，勇于担当，在各自工作岗位上用实际行动忠实履行共产党员的神圣职责和光荣使命。

四、从国家层面看莫高窟人的奋斗价值

1.弘扬优秀传统文化、坚定文化自信需要莫高窟人砥砺前行

习近平总书记强调，"文化是一个国家、一个民族的灵魂。没有高度的文化自信，没有文化的繁荣兴盛，就没有中华民族伟大复兴"。历史一再证明，灿烂瑰丽、博大精深的敦煌文化艺术，是中西文化和多民族文化交融荟萃的结晶，是中华优秀传统文化的杰出代表，是当代中国精神文明传承创新的重要资源，也是不同文明之间和平共处、相互交融、和谐发展的历史见证，彰显了中国特色社会主义文化自信。

百年来的敦煌文献和敦煌石窟研究，已经为我国古代历史、经济、政治、科技、文

化、中外交流等方面的研究提供了大量珍贵的资料，丰富和更
新了许多关于古代社会历史的认识。但敦煌文献和敦煌石窟的
研究还有很多未知的领域需要去探索。如：继续从不同的单一
学科整理敦煌文献和敦煌石窟文物、挖掘资料，深入阐释其内
涵；跨学科研究，从多学科角度深入揭示敦煌文献和敦煌石窟
的价值和意义；深入拓展对敦煌石窟以及丝绸之路沿线石窟和
文化遗产在艺术史方面的研究等等。研究如此多的文献资料，
不可能一蹴而就，不可能三五年完成，需要专家学者们发扬
"莫高精神"，耐着性子，耐住寂寞，坚守十年、二十年、三十
年……一代接着一代去完成。另外，大力发展敦煌学，深入挖
掘敦煌文化所蕴含的中华民族优秀文化因子，增加敦煌文化内
涵，使敦煌学研究在国际上掌握话语权、占领制高点，提升文
化软实力，有助于进一步坚定文化自信，助推文化强国建设，
促进世界文明共融。

　　作为负责管理世界文化遗产敦煌莫高窟、天水麦积山石窟、
永靖炳灵寺石窟，全国重点文物保护单位瓜州榆林窟、敦煌西
千佛洞、庆阳北石窟寺的综合性研究型事业单位，敦煌研究院
理应在弘扬中华优秀传统文化、坚定文化自信上有所担当，有

所作为，这也是敦煌研究院的使命所在。

2. 服务共建"一带一路"、讲好中国故事需要莫高窟人踔厉奋发

习近平总书记指出，要推动敦煌文化研究，服务共建"一带一路"，积极传播中华文化，加强同共建国家的文化交流，增进民心相通。共建"一带一路"，加强文明对话，倡导"和平合作、开放包容、互学互鉴、互利共赢"的丝路精神，就是在新的历史条件下加强同世界各国的合作交流、促进各国文明对话和文化交流的重要举措。近年来，敦煌研究院积极响应国家"一带一路"倡议，把目光投向"一带一路"共建国家，先后派遣学术考察小组到吉尔吉斯斯坦、乌兹别克斯坦、阿富汗、柬埔寨等国进行学术考察，与当地文化遗产管理部门或学术机构签署合作备忘录，将文物研究和保护科技的成果应用到相关国家和机构，推动当地的文化遗产保护与管理工作。随着"一带一路"建设日益发展，敦煌文化逐渐成为推进民心相通、服务共建"一带一路"的重要载体。共建"一带一路"，敦煌具有得天独厚的文化优势，被赋予"一带一路"建设"民心相通"的重要使命。提升敦煌学研究水平，为"一带一路"建设做足历史文献储备、提供理论支撑，促进与共建国家的人民民心相通和文化交流互鉴具有重要的意义。因此，要将敦煌学研究放在丝绸之路中西文明交流互动，尤其是中国传统文化在敦煌、西域地区、"一带一路"共建国家的影响这一宏观历史背景下，进一步扩展内涵、拓

宽领域，取得新进展与新突破，牢牢掌握中国学者在敦煌学研究方面的话语权，在国际舞台上发出中国声音，在服务"一带一路"建设上贡献力量。同样，实现这些目标，都需要包括莫高窟人在内的文博工作者发扬"莫高精神"，充分挖掘利用敦煌石窟文化遗产资源，促进丝绸之路共建国家的民心相通，促进中外文化交流。

3. 铸牢中华民族共同体意识、汇聚起各民族团结奋斗的强大力量需要莫高窟人胸怀大局

党的十九大报告提出，要全面贯彻党的民族政策，深化民族团结进步教育，铸牢中华民族共同体意识，加强各民族交往交流交融，促进各民族像石榴籽一样紧紧抱在一起，共同团结奋斗、共同繁荣发展。敦煌是一个多民族地区，有历史记载的民族有汉族、乌孙、月氏、匈奴、鲜卑、粟特、吐蕃、党项、回鹘、蒙古等，各民族的文化都在这里互动、融合，最终形成了多元的敦煌文化。敦煌文化体现了各族人民共有的传统美德，也体现了各族人民艰苦奋斗、开拓创新的时代精神，对各族人民具有很强的凝聚作用。因此，需要秉承"莫高精神"，在以往历史学、考古学研究的基础上，加强对丝绸之路历史文化的研

究，尤其是加强中国西部古代民族文化研究，中亚、西亚及南亚古代文化与中国古代文化交流的历史研究，还有古代于阗文、吐火罗文、粟特文、回鹘文、梵文、西夏文等文字研究，可以为我们认识古代历史打开新的窗口，成为中国古代历史、中西文化交流史研究的突破口，为铸牢中华民族共同体意识提供历史借鉴。同时，做好"人类命运共同体"的研究、阐释和传播等研究任务，对于加强巩固各民族团结奋斗、传承和发展优秀民族文化、建设各民族人民的美好精神家园、凝聚和激励各族人民群众共创幸福美好生活同样具有重要参考价值。

时代在变、人也在变，但世世代代莫高窟人创造和留下的精神和力量值得永远传承。随着时代条件的变化，莫高窟人的奋斗价值也应不断深入挖掘，传承创新，使之不断升华、拓展丰富。

第六章

莫高窟人的坚守传承

70多年来，几代莫高窟人扎根大漠、献身敦煌，用青春年华和赤诚初心积淀形成的"莫高精神"，成为莫高窟人的精神根基、力量之源，深深扎根在敦煌文化遗产保护、研究、弘扬事业的实践之中，是莫高窟人的传家宝，将被永远传承和弘扬下去。

　　新时代传承和弘扬"莫高精神"，是一项长期的、艰巨的、具有重大意义的历史任务，是一项需要国家、地方、社会等各个层面共同建设的系统工程，敦煌研究院应承担更大、更重要的责任和义务，示范带动其他系统、领域、行业及社会各界传承和弘扬"莫高精神"。实际上，站在新的历史起点，我们努力把习近平总书记在敦煌研究院座谈时的重要讲话精神学习好、贯彻好、落实好，把新时代的文博事业发展好，把本职工作履行好，就是对"莫高精神"最全面、最系统、最有效的传承和弘扬。

一、坚持党的领导，坚定正确的政治方向

2019 年 8 月 19 日，习近平总书记在敦煌研究院主持召开座谈会并就文物保护和研究发表了重要讲话。他强调："70 年来，一代又一代的敦煌人秉承'坚守大漠、甘于奉献、勇于担当、开拓进取'的莫高精神，在极其艰苦的物质生活条件下，在敦煌石窟资料整理和保护修复、敦煌文化艺术研究弘扬、文化旅游开发和遗址管理等方面做了大量工作，取得了不少重要研究成果。"这充分体现了党中央对文物工作的亲切关怀和殷切厚望，为敦煌研究院守护文化遗产、传承中华文化、不断坚定文化自信提供了科学指引，指明了发展方向，同时，给了莫高窟人莫大的鼓舞和奋进的力量，引领敦煌研究院从更高的政

千年现宝守护人
——莫高窟人的奋斗历程

QianNian GuiBao
Shou He Ren
mogaokuren de fendou licheng

治站位、更宏阔的时代视角，来理解认识、深入挖掘"莫高精神"的内涵和价值，需要敦煌研究院上升到一个全新的高度来研究和阐释"莫高精神"，不断开拓传承弘扬"莫高精神"的新境界。新时代传承和弘扬"莫高精神"，首要的就是坚持以习近平新时代中国特色社会主义思想为指导，深入学习贯彻习近平总书记关于文化自信、文物保护与利用、文化遗产保护传承重要论述以及相关重要指示批示精神，特别是习近平总书记在敦煌研究院座谈时的重要讲话精神，始终坚持党对一切工作的领导，牢固树立中国特色社会主义理想信念，常补精神之"钙"，做到热爱党、拥护党、坚定跟党走，深刻领悟"两个确立"的决定性意义，不断增强"四个意识"、坚定"四个自信"、做到"两个维护"，自觉用习近平新时代中国特色社会主义思想武装头脑、指导实践、推动工作，确保新时代文化遗产事业始终沿着习近平总书记指引的方向笃定前行。

二、投身伟大实践，聚焦聚力高质量发展

1. 在推动敦煌事业高质量发展的实践中传承和弘扬

紧扣习近平总书记提出的"把敦煌研究院建设成为世界文化遗产保护的典范和敦煌学研究的高地"要求，牢牢把握立足新发展阶段、贯彻新发展理念、构建新发展格局的实践要求，积极抢抓新时代文化遗产事业发展的重要战略机遇，全力以赴强基固本、发扬优势、补齐短板，进一步革除与新时代文化遗产保护、研究、弘扬事业高质量发展不相适应的障碍，切实以"莫高精神"凝聚干事创业的热情和动力，激励广大干部职工自觉把自己看似琐碎、枯燥的工作跟党和国家的中心工作联系起来，引导广大干部职工"择

一事、终一生"，秉承传统、戒骄戒躁、继往开来、砥砺前行，不断推动新时代敦煌文化遗产保护、研究、弘扬事业平衡协调高质量发展，讲好敦煌故事，传播好中国声音，让敦煌走向世界，让世界走近敦煌。

2. 在推动甘肃事业高质量发展的实践中传承和弘扬

甘肃发展已经迈入新征程，正处于多重发展机遇的叠加期、深化改革开放的攻坚期、弥补基础短板的突破期、经济转型升级的关键期、缩小发展差距的窗口期。针对国内国际"两个大局"，必须充分增强机遇意识和风险意识，保持战略定力、发扬斗争精神、树立底线思维，准确识变、科学应变、主动求变，在危机中育先机、于变局中开新局，更需要通过"莫高精神"的传承、拓展和升华，不断增强甘肃人的文化自信，展现甘肃人的精神和品格，展示甘肃人的拼搏精神，不断激励甘肃人自觉挑起发展的重任，用伟大的精神推动伟大的事业，让"莫高精神"成为文化旅游强省战略和新时期甘肃人团结奋斗建设幸福美好新甘肃、不断开创富民兴陇新局面的强大动力。

3. 在推动文物和文化遗产事业高质量发展的实践中传承和弘扬

"莫高精神"既是广大文博工作者守护文化家园、传承中华文明、勇于改革创新的生动写照，更是文博行业不忘初心、继续前进的宝贵精神财富，推动新时代文博事业高质量发展，广大文博工作者应当争做"莫高精神"的忠实践行者。在社会上，大力宣传以常书鸿、段文杰、樊锦诗为代表的敦煌儿女"择一事、终一生"的家国情怀和敬业精神，大力宣传新中国文博事业的显著成就和文博行业的先进典型，学习先进事迹，践行"莫高精神"，引导身边人、鼓励更多人争做文物保护利用改革的实践者、贡献者、引领者，争做新时代中华文化的继承者、创新者、传播者。围绕建设高素质专业化文博队伍，不断增强政治担当、历史担当、责任担当，提高文博队伍综合素质和依法管理水平，提升文博单位抓大事、促改革的本领能力。广大文博工作者要深刻认识和把握"百年未有之大变局"下中国特色、中国风格、中国气派的文博工作规律，不辱使命，守土有责，牢牢把心看住、把力聚拢、把事干成，共同营造一盘棋谋改革、一股劲抓落实的良好局面，以新气象新担当新作为奋力开创新时代文博

事业高质量发展的新局面。

4. 在建设社会主义文化强国的实践中传承和弘扬

在全面建设社会主义现代化国家新征程、向第二个百年奋斗目标进军的关键时刻，围绕举旗帜、聚民心、育新人、兴文化、展形象的使命任务，建设社会主义文化强国的目标任务任重而道远。与时俱进推进"莫高精神"，一个重大的现实课题就是要把"莫高精神"作为推动新时代文博事业的共同精神动力，逐步升华为建设社会主义文化强国的共同理想信念。要联系几代莫高窟人保护、研究、弘扬敦煌文化的时代背景、政治觉悟和工作热情，联系新中国成立以来特别是改革开放以来我国文博事业发展的历史性飞跃，联系我国经济社会发展的巨大变革以及我国国际地位的显著提升，把"莫高精神"与培育践行社会主义核心价值观体系有机结合起来，把弘扬"莫高精神"与弘扬时代精神、弘扬革命精神等有机统一起来，不断增强"莫高精神"在中国特色社会主义文化强国建设中的助推作用，推进文化自信自强，铸就社会主义文化新辉煌。

三、汲取精神力量，提振干事创业精气神

1. 坚持"坚守大漠"的理想信念

幸福都是奋斗出来的。面对经济发展全球化、价值取向多样化、意识形态复杂化等多元的社会思潮，有的人理想信念逐渐淡化，奋斗意志有所衰退。而一代代莫高窟人肩负着保护传承中华优秀传统文化的使命，在敦煌一留就是一辈子，他们凭着对敦煌的热爱、对自身职责使命和工作价值的清醒认识，把青春年华和全部精力都奉献给了敦煌文物事业，他们对文物事业的执着坚守，感人至深、催人奋进，体现了对初心使命的矢志不渝，体现了"择一事、终一生"的坚定信念。新时代传承和弘扬"莫高精神"，就是要学习他们坚守初心、矢志不渝的忠贞品格，学习他们

千年瑰宝守护人
——莫高窟人的奋斗历程

QianNian GuiBao
ShouHuRen
mogaokuren de fendou licheng

胸怀梦想、守一不移、薪火相传、不懈奋斗的优秀品质，从坚定理想信念入手，强化奋斗精神，着力解决信念动摇、斗志衰退等问题，始终做到对自己的理想，执着追求，不懈奋斗；对从事的事业，无私奉献，勇挑重担；对遇到的困难，迎难而上，排除万难，持之以恒、久久为功，在不懈奋斗中创造无愧于新时代的新业绩。

2. 坚持"甘于奉献"的无私胸怀

当前，世界处于百年未有之大变局，当代中国处于经济社会发展的特殊历史机遇期，两者同步交织、相互激荡，构成我国发展新的历史方位，各种不良社会思潮也不同程度地冲击着人们的价值观念，有的人价值取向出现了偏差，个人主义、享乐主义等有所反弹。而一代代莫高窟人抛家离子，甘愿放弃相对优越的条件"自投罗网"，坚守大漠，艰苦创业，不懈奋斗，用他们的无私奉献换来了敦煌石窟保护的崭新局面和敦煌文化的赓续弘扬。新时代传承和弘扬"莫高精神"，就是要学习他们不畏艰苦、甘于奉献的无私胸怀，学习他们不怕吃苦、甘于寂寞、乐于奉献、淡泊名利的忠贞品格，坚持苦干实干，勇于攻坚克难，积极拼搏奋斗，着力解决个人主义、贪图享受等问题，以"功成不必在我"的境界和"功成必定有我"的担当，努力在履职尽责、奋发有为中实现人生价值，一步一个脚印把各项事业推向前进。

3. 坚持"勇于担当"的实干精神

事业的发展，不是喊出来的，而是干出来的。但现实中，有的人干劲不足、激情缺失，有的人责任心不强和紧迫感不强，有的人缺乏吃苦耐劳、争创第一的实干精神。而一代代莫高窟人视石窟的安危如生命，自觉担负起保护传承的重任，代代接力、薪火相继，精心守护珍贵文化遗产，与时间赛跑，使莫高窟得到全方位有效保护，为这一世界文化遗产的科学保护和利用作出了杰出贡献。新时代传承和弘扬"莫高精神"，就是要学习他们忠于职守、不辱使命的担当精神，学习他们忠诚事业、勇挑重担、实干为先、守土尽责的责任担当，着力解决干劲不足、落实不力等问题，激励我们在平凡的工作岗位上创造出不平凡的业绩。

4. 坚持"开拓进取"的创新精神

人最可怕的状态就是不思进取，生活从

不眷顾因循守旧、满足现状者，从不等待不思进取、坐享其成者。一代代莫高窟人大力弘扬勇于探索、改革创新的时代精神，求真务实、开拓进取，在文物领域科学保护、学术研究中不断填补空白，有效缓解了文物保护与利用的矛盾，使敦煌研究院成为全国领先的石窟文物保护综合研究科研实体。新时代传承和弘扬"莫高精神"，就是要学习他们开拓创新、勇攀高峰的创新精神，学习他们解放思想、与时俱进、奋发有为、追求卓越的进取精神，在工作中积极探索、改革创新，着力解决安于现状、不思进取等问题，着力破解改革发展难题，不断开创事业发展新局面。

伟大的事业需要伟大的精神，伟大的精神托举伟大的梦想。70多年来，一代又一代莫高窟人正是秉持"莫高精神"，扎根大漠谱写了世人瞩目的敦煌传奇，让沉积千年的莫高窟重现荣光。在新时期，只要我们继续把"莫高精神"存之于心、见之于行，大力传承和弘扬"莫高精神"，我们就一定能够不断适应新的形势，不断战胜新的困难，不断开创新的局面，让"莫高精神"持续焕发时代的光芒！

后记

　　提起敦煌，人们总有一种神往与感动之情，除了震撼人心的千年壁画，敦煌守护者的故事同样令人感动。

　　2019 年 8 月 19 日，习近平总书记考察敦煌，在敦煌研究院座谈会上，总书记高度肯定了敦煌研究院几代人凝结的"莫高精神"，这对敦煌研究院来说是莫大的鼓舞和荣耀。随后，国家文物局将"莫高精神"确定为文博行业精神。基于此，介绍莫高窟人的事迹、展示莫高窟人的独特精神内涵，成为敦煌研究院义不容辞的义务和愿望，也具有重要的时代价值和现实意义。为了贯彻落实习近平总书记在敦煌研究院座谈时重要讲话精神，自 2020 年起，敦煌研究院组织课题组编写书稿，总结梳理莫高窟人的奋斗历程，深入挖掘、研究其丰富内涵和时代价值，让"莫高精神"在新时代绽放新活力，焕发恒久生命力，感召更多人做新时代中华文化的继承者、传播者、创新者。

千年瑰宝守护人
——莫高窟人的奋斗历程

QianNian GuiBao
ShouHuRen
mogaokuren de fendou licheng

本书由敦煌研究院原党委副书记、纪委书记廖士俊担任组长，先后有杨天荣、杨雪梅、邓位轩、王赛、芦军、孙云、王慧慧7位同志参与编写工作。全书共有六个章节。廖士俊负责全书的统筹，并参与各章节的编写和修改工作；邓位轩、杨雪梅、王赛、孙云、芦军分别负责第一章、第三章、第四章、第五章和第六章的编写工作；王慧慧负责第二章的编写，参与第一章、第三章、第四章的撰写，并负责统稿、校稿和出版工作。书中分别介绍了莫高窟人的奋斗初心、奋斗之路、奋斗精神、奋斗之源、奋斗价值和坚守传承，讲述了在党的领导和关怀下，几代莫高窟人长年坚守在敦煌，为石窟保护和研究事业作出贡献的故事；讲述了他们从风华正茂到两鬓斑白的波澜人生，他们对敦煌石窟的炽热情感、执着坚守和无私奉献。

希望读者朋友们通过本书进一步了解几代莫高窟人的经历和敦煌文物事业发展的点滴，感受敦煌艺术非凡的吸引力和感染力，铭记那些为敦煌石窟保护研究默默奉献的人，深切感受中国共产党对石窟文物事业的温暖关怀和巨大支持！但由于编者水平有限，加之时间仓促，书中挂一漏万、舛误之处在所难免，诚盼得到各位专家、学者和读者的热忱指教。

　　本书是集体智慧的结晶，编写工作得到了敦煌研究院领导赵声良、苏伯民、罗华庆、张元林、郭青林和近年来离任的院领导马世林、程亮的大力支持。名誉院长樊锦诗为帮助写好这本书，多次向编写组成员讲述当年相关事件的细节。赵声良还亲撰序言，并对书稿提出修改意见。敦煌研究院科研处处长陈港泉、考古所研究员王惠民对全书进行审阅，并就内容、体例等方面提出了许多建设性的意见和建议，还从学术角度和文字表述上提出了修改意见，使书稿更加客观和准确。

　　本书能够编写完成，要特别感谢兰州大学倪国良教授、甘肃日报社政理部谢志娟主任给予的无私帮助，从提纲布局到内容表述方面提出了很多指导性意见。我们再次表示衷心的感谢！

本书编写组

2022 年 10 月